딸아,
행복은 여기에
있단다

딸아, 행복은 여기에 있단다

하민영 지음

siso

너의 멋진 꿈과
빛나는 청춘을 응원한다

    지난 성년의 날에 엄마가 네게 향수, 가방, 장미를 선물했지. 너만의 향기로, 너만이 가질 수 있는 꿈과 희망으로, 주위 사람과 나누며 살기 바라는 마음을 담았단다. 네가 성인이 된 것을 축하하면서도 한편으로는 얼굴에 분을 바르고, 눈썹을 그리고, 립스틱을 찍어 바르는 네 모습이 엄마는 참 낯설더라. 귀걸이를 걸고 블라우스를 고르면서 거울을 보는데, 아기였던 네가 벌써 이렇게 컸다는 것이 믿기지 않았어. 네가 스무 살이 되었다고 술을 마시자고 할 때는 살짝 당황스럽기까지 했단다. 아직 어린아이 같은데 마치 어른 흉내를 내는 것만 같았거든. 어느새 훌쩍 커버린 네가 대견스러우면서도 어색하게 느껴지더구나.

    며칠 전 방을 정리하다가 어릴 때 사진들, 장난감, 그림, 글을 발견하고 네가 말했지.

"내가 이런 것도 했었네?"

"내가 이런 생각을 했네!"

네 어린 시절의 추억이 신기했겠지. 어른이 된다는 설렘으로 너의 지난날을 떠올려보는 것도 좋은 일이라 생각되더구나.

지난해 대학을 목표로 책상 앞에서 책과 씨름하던 네 모습이 선하다. 스무 살이란 귀한 시간을 공부하면서 보내야 하니 주변 대학생 친구들이 부러울 만도 한데, 코로나 상황이니 차라리 재수하는 게 나을 수 있다며 스스로 위로하곤 했지. 스무 살 별것 아니라고 말하면서도 "나의 스무 살이 이렇게 가고 있어."라며 한편으론 안타까워했던 순간들이 기억나는구나. 아마도 열아홉이라는 나이와 스물이라는 나이가 주는 느낌이 달라서 그랬을 거야.

스무 살이 되면 가정이나 사회에서는 성인(成人)이라고 부르지. 성인식을 치르기도 한다. 매년 5월 셋째 월요일을 성년의 날로 정하고, 성인이 된 사람을 축하하는 관례(冠禮)가 있지. 올바른 가치관을 가진 인재로 성장하기 바라면서 축복하는 거야. 이제는 보호받기만 하는 대상이 아니라 누군가를 보호해야 할 의무를 가지는 것이기도 하지. 부모의 품 안에서 지내온 청소년기와는 다른 역할을 갖게 되는 거야. 성인에겐 자유가 주어지지만 책임과 인내가 요구되거든. 이제 다 컸다고, 어른이 되었다며 엄청난 기대와 부담을 한꺼번에 받기도 한단다. 앞으로 종종 이런 말들을 듣게 될 거야.

"이제 어른이니 어른답게 행동해야지."

"이제 성인이 되었으니, 스스로 결정해라."

"다 큰 어른이 그것도 못 참니?"

성인으로서의 자각이 커지고, 사회인으로서의 책무를 느끼기 시작할 거야. 열아홉 살까지는 청소년으로서 늘 부모의 보호를 받고 자라왔잖아. 어리광도 부리고 실수를 해도 넘어갈 수 있었지. 스무 살이 되었으니 다 컸다는 생각에 우쭐한 마음이 들기도 할 거야. '성인'이라는 이름표를 달았으니 뭔가 이전과는 달라져야 한다며 책임감이 들 수도 있겠지.

게다가 이제부터는 이전에 할 수 없었던 것들도 할 수 있게 된단다. 스마트폰만 해도 청소년 요금제가 사라지게 되지. 계약도 해지도 네 마음대로 하는 거야. 은행이나 증권 계좌를 만들 때도 부모의 동의가 더 이상 필요하지 않아. 친구들과 술집에 들어가 당당하게 술을 마실 수도 있어. 청소년이라서 볼 수 없었던 19금 영화도 볼 수 있겠지. 폭력성, 선정성, 모방성에 대한 책임을 스스로가 지는 거야. 자제하고 절제할 수 있는 나이니까.

스무 살이 되면 학교와 공부에 얽매이지 않고 살아도 된단다. 네 선택으로 학업을 중단할 수도 있고, 원한다면 일자리를 얻을 수도 있을 거야. 부모의 동의 없이 결혼도 할 수 있어. 네 의지대로 배우자를 선택하고 아이를 낳고 가정을 꾸릴 수도 있지. 스물이 주는 자유가 얼마나 기쁜지 모른단다. 구속된 삶을 살다가 얻어낸 자유처럼 느껴질 거야.

스무 살에 주어지는 자유만큼이나 중요한 게 있어. 자신의 말과 행동에 대한 책임이야. 당장은 아니더라도 20대 때 부모로부터 심리·공간·경제적으로 독립을 해야겠지. 그동안 부모에게 의존하는 삶을 살아왔다면, 이제는 서서히 홀로서기를 준비하는 거지.

어른이 된다는 건 모든 것을 잘 해낸다는 의미는 아니야. 말이나 행동이 보다 더 성숙해지는 것뿐이란다. 결코, 어른이 완벽한 인간을 뜻하진 않아. 모든 것을 다 잘 해낼 필요는 더더욱 없단다. 잘하면 잘하는 대로, 부족하면 부족한 대로 좀 더 나은 삶을 위해 노력하면서 살면 되는 거야. 청소년일 때보다 스스로 책임져야 할 부분이 많아진 것뿐이야. 그러니 누군가 너에게 완벽한 사람이 되라고, 뭐든지 잘 해내야 한다고, 등 떠민다고 해서 조급할 필요는 없다는 걸 기억하렴. 너는 그저 네 길을 묵묵히 걸어가면 되는 거란다.

네가 독립을 하고 좀 더 성숙한 어른으로 살아가는 길에 이 책이 이정표가 되어주었으면 좋겠구나. 네가 살아갈 20대와 엄마가 살았던 20대는 다르겠지만, 너에게도 도움이 될 부분이 있을 거라 여긴다. 70년생이 00년생에게 보내는 편지란다. 엄마가 겪어온 일들을 바탕으로 썼어. 엄마의 기억 속에 남은 20대의 고민과 좌절, 고난과 실패, 노력과 성공을 이야기할 거야. 20대 때 알았더라면 좋았겠다 싶은 내용도 조금 담아보았단다.

마지막으로 엄마는 지금 네가 가진 스무 살의 설렘을 오래도록 간직하며 살아가기를 바란단다. 꿈과 희망을 마음껏 펼치는 20대이길 바란다. 잘하지 않아도 괜찮아. 네가 원하는 게 있다면 무엇이든 도전하면 좋겠어. 네가 원하는 대로 꿈꾸는 대로 살아가길 바란다.

너의 멋진 꿈과 빛나는 청춘을 응원할게. 엄마는 항상 네 편이란다. 엄마 딸로 태어나줘서 고맙다. 그리고 사랑한다.

Contents

Prologue

너의 멋진 꿈과 빛나는 청춘을 응원한다   4

제 1장

꿈을 찾아
길을 떠날
너에게

꿈이 없어도 괜찮아   14

설레는 꿈 지도를 그려라   21

실패는 항상 가르침을 준단다   28

네가 한 선택에 당당해져라   35

탐구하고 또 탐구하라   41

배움에 늦은 때란 없다   48

'책 쓰기'를 버킷리스트에 담아라   55

술과 스마트폰은 내려놓아라   61

가슴 뛰는 일을 선택하라   67

직장은 꿈을 담아내는 그릇이다   75

제 2장

인간관계에
서툰
너에게

인간관계는 누구나 서툴다   82

친구는 언제나 의미 있는 존재다   89

모두에게 좋은 사람일 필요는 없다   95

어른들도 결국 사람일 뿐이야   102

형제를 존중하고 배려하라   108

부모의 삶은 온전히 이해할 수 없다   114

행복은 스스로 선택할 수 있다   122

사랑을 위해서는 용기가 필요해   130

제 3장

매일
행복해지고
싶은 너에게

알면서도 지켜지지 않는 것들   138

누가 뭐라 해도 자신을 사랑하자   144

조금 쉬어가도 괜찮아   152

남은 시간을 무엇으로 채울지 고민하렴   160

상실 앞에서는 마음껏 슬퍼하라   166

마음의 평화를 위해 일기를 써라   172

네 삶의 기준을 정하는 철학을 가져라   179

제 4장

풍요로운
삶을 꿈꾸는
너에게

돈에 대한 긍정성을 가져라   188

부자의 체질을 만들어라   196

부자가 되는 습관을 길러라   203

부모의 돈을 탐내지 마라   212

최고의 재테크는 자신의 본업이다   219

돈이 모이고 흐르는 길을 찾아라   226

편안하고 안락한 내 집을 가져라   234

아는 것이 힘이고, 실행이 답이다   240

제 1장

꿈을 찾아
길을 떠날 너에게

꿈이 없어도
괜찮아

옛날에는 먹고살기 바빠서 꿈을 묻는 사람이 없었어. 입에 풀칠하기도 어려울 때는 하루 세끼 굶지 않는 것이 다행이었거든. 오죽하면 어른들끼리 나누는 인사가 "진지 드셨습니까?"였겠니. 세끼 굶지 않는 것만으로도 꿈을 이룬 거나 마찬가지였어. 세끼 해결도 못 하니 다른 데 눈을 돌릴 겨를도 없었던 거지.

요즘은 "꿈이 뭐니?"라고 묻는 사람이 많아졌어. 아직 꿈이 무엇인지도 모르는 아이에게 꿈을 묻고, 꿈을 가져야 한다고 말하잖아. 이제 막 걸음마를 뗀 아이에게도 어른들의 욕심을 앞세워 꿈을 강요하기도 하지. 돌잡이라는 이름으로 아이의 장래를 점쳐보기도 하잖아. 옛날 돌잔치에서는 쌀, 붓, 활, 돈, 실을 펼쳐놓고 아이가 집는 물건으로 장래를 확인받으려 했었어. 요즘은 마이크, 청진기, 마우스 같은 물건들도 올려놓는다고 하더라. 옛 어른들의 바람인 장수, 돈, 명예, 건강에서 더 나아가 현대의 직업군들이 추가된 거겠지. 옛날에는 마음속으로 바라는 소극적인 희망에 가까웠다면, 지금은 어른들이 아이들에게 꿈을 강요하는 시대에 살고 있어. 마치 꿈을 심어주지 못하면 좋은 어른이 되지 못하는 것처럼 말이야.

'성공한 사람들은 모두 어렸을 때부터 꿈이 있었다고 하잖아. 미국 대통령이었던 링컨은 어릴 때부터 대통령이 꿈이었대. 현대그룹 정주영 회장은 세계 제일 부자가 되는 것이 꿈이었대. 우리 OO이도 어릴 때부터 큰 꿈을 가져야 훌륭한 사람이 될 수 있어.'라는 식인 거지. 실제로 꿈이 있는 사람은 그렇지 않은 사람보다 즐겁고 열심히 살아가는 것 같아. 꿈이 주는 원동력은 삶에 활기를 심어주니 행복하게 살 확률도 더 높겠지. 그래서 꿈을 가져야 행복하고, 성공할 수 있다고 말하는 것 같아.

학교에서도 집에서도 아이들에게 꿈을 가지라는 이야기를 많이 하지. 직업 찾기나 꿈 프로젝트 수업도 점점 늘어나고 있어. 부모들도 아이를 데리고 다양한 직업체험을 하러 다니면서 꿈을 찾을 수 있도록 도와주는 시대가 되었지.

부모가 아이에게 가장 많이 묻는 건 아마도 꿈이 무엇이냐는 질문일 거야. 아이가 꿈이 없다고 대답하면 걱정이 앞서기 시작하는 게 부모 마음인가 봐. "너는 뭐가 되려고 그러니? 왜 꿈이 없어? 꿈을 가지란 말이야!" 야단을 치기도 한다. 엄마도 그랬었어. 너는 비교적 꿈이 분명한 편이었지만, 네 동생은 한동안 꿈이 뚜렷하지 않더구나. 대답을 모호하게, 두루뭉술하게 하는 날이 많았지. 엄마는 점점 조급해졌고, 그럴 때마다 동생을 다그쳤던 것 같아. 자꾸 꿈을 묻게 되고 찾아야 한다며 강요했었어.

네 동생이 초등학생 때, 꿈이 과학자라고 말했었어. 미생물 과학자가 돼서 암을 퇴치할 수 있는 약을 개발하는 게 꿈이래. 어린 나이였는데 꿈도 목표도 목적도 분명했거든. 동물을 좋아해서 동물 책만 읽고, 동물 놀이만 했고, 동물원도 수없이 다녔어. 좋아하는 것이 분명하니 시키지 않아도 스스로 탐구하는 습관이 생기더구나.

중학교 때는 동물보다 친구들과 어울려 축구하는 것을 좋아했어. 새벽 두세 시에도 보고 싶은 경기가 있으면 엄마가 깨우지 않아도 일어나서 챙겨보더라. 주말이 오면 늦잠도 안 자고, 동이 트기도 전에 일어나 축구하러 나가곤 했지. 인터넷 게임도 축구 게임만 하고, 방송프로도 축구에 관한 것만 챙겨 보더니, 꿈도 바뀌더구나. 과학자의 꿈은 어느새 멀어졌지. 축구라면 자다가도 눈을 번쩍 뜰 정도였으니까 좋아하는 일을 꿈으로 갖고 싶었겠지.

그런데 고등학교에 진학하고부터는 점차 말수가 줄어들더라. 어쩌면 엄마가 꿈을 말해보라고 할 때마다 네 동생은 괴로웠던 걸지도 모르겠어. 제대로 생각해 본 적이 없는데 자꾸 말해보라 하니 귀찮을 법도 했을 거야.

꿈이 없어 보이는 네 동생을 보면서 엄마는 점점 답답해졌어. 그런데 어느 순간, 엄마한테도 꿈이 없는 시기가 찾아오더라. 엄마가 직접 경험하고 나니까 네 동생의 마음도 조금 더 이해할 수 있게 되었어. 어른인 나도 꿈이 없는데, 아이에게 꿈을 가지라고 강요한 일이 후회되기 시작했지. 그때 문득 이런 질문을 하게 되었단다.

'정말 꿈이 없으면 안 되는 걸까? 꿈이 없으면 큰일나는 걸까? 꿈을 왜 가져야 할까? 꿈이 없는 게 뭐가 문제지?'

하고 싶은 일도 없고, 좋아하는 일도 없는데 꿈을 가질 수는 없지. 싫은 것도 없고, 부족하다고 느끼는 것도 없다면 무언가를 새롭게 시작할 마음도 생기지 않을 거야. 불편한 것도, 바꾸고 싶은 것도 없다면 도전하고 싶은 마음은 사라지겠지. 이루고 싶은 게 없으니 목표를 갖지 못하는 건 당연한 것일지도 몰라.

현실에 만족하며 하루하루 열심히 사는 사람들도 많단다. 좋은 게 좋은 거라고 맡은 일 열심히 하고 주변에서 좋은 평판 받으면서 평범하게 사는 것이 좋다고 여기는 사람도 있어. 평범하게 사는 것이 꿈인 사람이라면 꿈이 없다고 말할 수도 있어. 이미 그 평안한 일상을 가짐으로써 꿈을 이룬 것일 테니.

뭔가를 이루기 위해 열심히 노력했는데 운이 따라주지 않아서 실패를 경험하고 번아웃(Burn Out) 상태가 되면 모든 것에 의욕을 잃는 경우가 있어. 자신감도 꿈도 잃어버리는 순간이 오기도 해. 살다 보면 가끔은 나아가야 할 방향을 잃어버릴 때도 있단다.

그래서 엄마는 꿈이 없어도 괜찮다고 생각하게 되었어. 한때는 꿈이 없으면 큰일 나는 줄 알았는데 인생을 살다 보니 나도 꿈 없이 살 때가 있더라. 네 동생이 어렸을 때는 과학자라는 너무도 확실한 꿈을 가졌었지만, 어느 순간 꿈이 흐릿해진 것처럼 말이야. 너도 살다 보면 어느 순간 꿈을 잃어버리는 때가 찾아올지도 몰라. 그 많던 꿈이 순식간에 사라져버릴 수도 있어. 혹시 그런 날이 온다면, 주변에서 강요하는 대로 살기보다 꿈 없이 바람 따라 구름 따라 세월 따라 흘러가 보는 것도 나쁘지 않다는 것만 기억했으면 한다.

꿈이 없을 때는 '그냥 그렇게 살고 싶을 때가 있구나'라고 생각했으면 좋겠어. 그럴 때마다 '나는 왜 꿈이 없지?'라고 고민하면서 자신을 괴롭히지는 말자. 대신 현실에 만족하면서 살아보는 거야. 그동안 만나지 못했던 친구도 찾아보고, 공원에도 나가보고, 책도 보고 영화도 보면서 지내렴. 꿈이 없다고 잘못된 게 아니야. 남에게 피해를 주는 일도 아닌데 꿈이 좀 없으면 어떠니. 얼마든지 잘 살 수 있어.

꿈이 없는 시기에는 조금 게으르게 살아봐. 꿈이 있을 때는 시간에 쫓기고, 사람에 쫓기고, 무언가에 쫓기듯이 살더라도 꿈이 없을 때는 몸도 마음도 편하게 지내보렴. 욕심부리지 말고 마음 편하게 생각하며 지내는 것도 좋다는 걸 알 수 있단다. 꿈이라는 게 어쩌면 자기 욕심이지 않니? 욕심을 내려놓고 지내는 거야. 법정 스님의 '무소유'를 터득하지 않아도 무언가를 갖기 위해 애쓰던 자신을 내려놓는 시간이면 된단다. 꿈이 없다고 미래가 없는 것도 아니고, 꿈이 없다고 현재가 없는 것도 아니니까. 현재를 묵묵히 살아내는 것도 중요하단다. 아직 살아갈 날은 충분하니까. 너는 이제 겨우 스무 살이잖니. 100세 인생에서 꿈 없이 살아보는 것도 괜찮아.

시간에 쫓겨 억지로 만든 꿈을 갖기보다 마음의 여유를 가져보는 거지. 책임감에 의해 만들어진 꿈에 자신을 가두지 말고, 네 마음의 소리에 귀 기울이기 바란다. 아무리 꿈을 갖는 것이 중요하다고 해도 남이 강요한 꿈에 쫓기지 말고 나만의 시간을 찾아가는 거야. 그렇게 걸어가다 보면 어느 날 다시 꿈이 찾아올 때가 있단다. 꿈이 찾아오기까지 다른 사람보다 훨씬 많은 시간이 필요할지도 몰라. 그래도 괜찮단다. 너는 너만의 속도대로 움직이고 있는 거니까. 언젠가 찾아올 꿈을 기쁘게 맞이할 날을 기다리며 꿈이 없는 시간을 즐기자꾸나.

딸아, 행복은 여기에 있단다

설레는
꿈 지도를 그려라

　　　　　　　　　꿈이 없는 시간을 지내다 보면
어느 날인가는 꿈을 찾고 꿈을 키우고 싶을 때가 온단다. 그럴 때
꿈이 무엇인지, 꿈을 어떻게 키워갈지 방법을 알아보면 좋겠구나.
　'꿈이란 무엇인가?'라는 질문을 던져 본 적 있니? 꿈이 무엇인지
생각해 보기도 전에 너는 "꿈이 무엇이냐?"라는 질문을 받았을 거
야. 엄마는 꿈이라는 것이 너무 추상적이고 막연하다는 생각을 했
었거든. 국어사전을 들여다봤어. 꿈(Dream)이란, '수면 중에 일어
나는 일련의 시각적 심상', '실현하고 싶은 희망이나 이상', '실현
될 가능성이 아주 작거나 전혀 없는 헛된 기대나 생각'이라고 나와
있더구나. 우리가 지금 말하고자 하는 꿈은 하룻밤 자고 나면 사
라지는 꿈이나 헛된 기대, 실현 가능성이 없는 꿈을 뜻하는 게 아

니야. '실현하고 싶은 희망이나 이상'을 말하는 거란다. 꿈이란 것이 어쩌면 잘 때 꾸는 꿈처럼 내 마음속에만 있는 기대일 수도 있고, 실현 가능성이 없는 헛된 생각이 될 수도 있어. 그럼에도 우리는 꿈을 꾸려고 하지. 가끔은 있지도 않은 꿈을 억지로 만들려고 하잖아. 꿈을 찾기 위해서 무던히 애를 쓰기도 하고 말이야. 그 이유는 꿈이 헛된 기대나 생각으로만 남지 않고 실현할 수 있는 무언가로 만들고 싶어서일 거야. 늘 발전하고 싶고, 행복하고 싶은 욕구가 사람에겐 있거든.

매슬로(Abraham Harold Maslow)라는 미국의 심리학자가 인간의 욕구를 5단계로 나눴어. 가장 기초적인 생리적 욕구가 채워지면 안전의 욕구, 사랑과 소속의 욕구, 인정과 존경의 욕구가 생기고, 마지막으로 자아실현의 욕구를 느낀다는 거야. 기초적인 욕구가 채워지면 더 나은 삶을 추구하는 것이 자연스러운 현상이라는 거지. 그 욕구가 있기 때문에 꿈을 키우고, 실현하기 위해 노력하는 거야.

꿈을 갖고 싶고 꿈을 키워가고 싶다면 마음의 소리를 들어보는게 중요해. '왜 꿈을 갖고 싶은지, 꿈이 있을 때 좋은 점은 무엇인지, 어떤 꿈을 꾸고 있는지, 내 꿈의 목적은 무엇인지.' 마음의 소리에 귀 기울일 필요가 있단다. 부모님이나 친구의 말보다 네 안의 목소리를 듣고 답하는 게 가장 중요한 거야. 네가 생각했을 때 얼굴에 미소가 절로 지어지고 심장이 떨릴 정도로 좋은 선택이라면 좋겠구나. 그러나 최선이 아닌 차선을 선택해도 괜찮아. 일단 무언가를 시작하는 것에 의미를 두는 거지.

네가 이루고 싶은 꿈을 가졌다면, 꿈을 키워 현실로 만드는 방법을 고민해 봐. 머릿속에만 있는 꿈은 헛된 꿈일 뿐이니까. 꿈을 헛된 것으로 만들지 않으려면 보고, 만지고, 느낄 수 있는 것으로 만드는 것이 필요하지. 꿈을 시각화할수록 현실로 만들 수 있을 확률이 높아진단다.

네가 초등학교 때 엄마와 만들었던 '보물 지도'를 한번 떠올려보렴. 'OO이의 보물지도'라고 쓰고, 네가 이루고 싶은 꿈을 적어서 거실 벽에 붙여놓았지. 중·고등학교 때도 1년 후의 모습, 10년 후의 모습을 그려보라는 숙제를 했던 거 기억하지? 1년 후, 3년 후, 5년 후, 10년 후, 20년 후, 30년 후… 인생을 펼쳐놓고, 네 모습을 그렸던 기억.

10대 때 했던 꿈 그리기 작업을 20대에 다시 해 보면 좋겠어. 이루고 싶은 것, 갖고 싶은 것, 하고 싶은 것. 어떤 것이든 종이에 써서 벽에 붙여놓으면, 벌써 꿈을 찾아 앞으로 나아가는 것처럼 느껴질 거야. '버킷리스트'라고 말해도 좋고, '보물지도'라고 해도 좋아. '인생 목표' 또는 '인생 로드맵'이라고 해도 된단다. 엄마는 '꿈

지도(Dream Map)'라고 말해볼게.

'꿈 지도'를 어떻게 만들 것인지 좀 더 구체적으로 알아볼까. '꿈 지도'란, 우리가 여행 갈 때 사용하는 지도랑 똑같은 거야. 여행을 간다고 했을 때 누구랑 갈 것인지, 여행 목적은 무엇인지 정하잖아. 친구랑 추억 여행일 수도 있고, 가족 여행일 수도 있지. 여행 목적이 정해지면, 여행 장소를 정하겠지? 여행 장소에 따라서 경비도 달라질 거야. 유럽 여행을 갈 때와 제주도 여행을 갈 때는 경비뿐만 아니라 준비해야 할 것도 다를 테니까. 경비는 얼마 정도 예상하는지, 교통수단은 무엇을 이용할 것인지, 어디를 경유할 것인지, 여행 일정은 며칠로 할 것인지를 계획해 나가겠지. 숙소와 차편도 예약해야 하고, 날씨와 기후도 알아보고, 필요한 물품을 준비할 거야. 여행할 장소의 역사와 문화도 알아보고, 볼거리와 먹거리도 찾아보겠지.

여행 지도처럼 '꿈 지도'도 네 꿈이 이루어지도록 하는 지도이기 때문에 가능하면 명확하고 구체적으로 만드는 것이 좋단다. 우선 이루고 싶은 꿈을 정하렴. 목표를 정하는 거지. '행복하게 사는 것', '나답게 사는 것'처럼 삶의 방향을 목표로 할 수도 있고, '작가', '축구선수'처럼 직업일 수도 있어. '나는 30세에 베스트셀러 작가다', '나는 30세에 국가대표 축구선수다'처럼 이루고 싶은 기한과 목표를 분명하게 적는 거야. 지도에 쓸 때는 꿈을 이룬 것처럼 완성형으로 쓰는 것이 좋단다.

다음으로 꿈을 이룰 수 있는 구체적인 실천 방법을 적어보는 거야. 우선 당장 실천할 수 있는 것부터 쓰렴. '매일 30분씩 글쓰기', '매일 30분 축구 연습하기'라는 식으로 적는 거야. 눈으로 볼 수 있는 결과물을 쓰면 된단다. '1년 후 책 출간하기', '1년 후 ○○축구팀에 입단하기'와 같이 기간을 정해두는 거야. 목표는 측정 가능한 것일수록 실천하기 쉽고, 성공할 확률도 높아지기 때문이란다.

목표와 구체적인 실천 방법, 목표의 기간을 적고 난 후에는 네 사진을 붙여 봐. 그림을 그려서 시각화하는 거야. 글보다는 이미지로 표현하는 게 좋아. 이렇게 '꿈 지도'를 만들어서 네 방 앞에 붙여 보렴. 지도를 바라보는 것만으로도 불안은 사라지고, 흐릿했던 미래가 앞으로 성큼 다가와 있다는 걸 느낄 거야.

모치즈키 도시타카의 『당신의 소중한 꿈을 이루는 보물지도』, 존 맥스웰이 쓴 『나의 성공 지도』를 보면 '꿈 지도' 그리기에 대한 몇 가지 팁이 나와.

첫째, 꿈은 명확한 목표와 목적을 적는다. 꿈을 이뤘다고 생각하고 완성형으로 적는다. 둘째, 기간과 한도를 정한다. 언제까지 얼마나 이룰 것인지 명확하게 적는다. 셋째, 실천 방법은 구체적이며, 현실적이고, 측정 가능한 것으로 적는다. 넷째, 방 문 앞 또는 휴대폰 액정화면 등에 붙여놓고 매일 들여다본다. 다섯째, 친구나 가족에게 알려서 내 꿈을 선언한다. 여섯째, 그림이나 사진으로 시각화한다.

이렇게 '꿈 지도'를 시각화하면 꿈을 매일 생각하게 되니까 자연스럽게 네 머릿속에서도 그림이 그려질 수 있을 거야. 이미 네가 꿈을 이뤘다고 생각하고 거슬러 올라가 보렴. 성공하게 만들었던 습관이나 행동을 하는 거지. 매일 조금씩 실천하는 게 중요해. 그렇게 조금씩 앞으로 나아가다 보면 어느새 꿈은 현실이 되어 있을 거란다. 너는 눈에 보이고, 손으로 만질 수 있고, 항상 마음에 새긴 '꿈 지도'에 의해 가장 쉽고 빠르게 꿈이 이루어졌다는 것을 발견할 거야. 인간은 스스로 원하는 만큼의 행복을 얻는단다.

엄마가 대학교 다닐 때 인생 로드맵을 그려서 수업 시간에 발표했던 적이 있어. 내 미래를 상상하면서 계획하는 시간이었는데, 수업을 같이 들었던 엄마 친구는 그 로드맵이 큰 도움이 되었다고 하더구나. 자기가 그린 '꿈 지도' 그대로 따라서 살았대. 그 친구에게는 인생 로드맵이 그냥 숙제가 아니라 정말 자신의 꿈을 이루기 위한 지도였던 거지. 쉰 살이 넘은 지금, 친구는 자기가 계획한 대로 꿈을 이루었다고 하더라. 멋지지 않니?

너도 꿈을 키우고 싶다면, 지금 당장 '꿈 지도'를 만들어 봐. 이 책은 나중에 읽어도 된단다. 머릿속으로 아는 것만으론 부족하거든. 실천하는 게 중요해. 엄마도 책 쓰기를 중단하고 '꿈 지도'를 다시 그렸어. 5년 전에 그렸던 지도를 떼고, 새로운 '꿈 지도'를 붙여봤어. 거실에 붙인다는 게 살짝 부끄럽기도 했지만, 가족한테 보여주는 건데 뭐 어때? 나는 앞으로 이렇게 살 테니 지켜봐달라는 무언의 메시지를 전한 거야. 다른 사람에게 알려서 스스로 게으름을 피우지 않으려는 거지. 휴대폰 배경화면으로 설정하고, 블로그에도 올려놨어. 매일 내 꿈을 잊지 않고, 실천해 나가겠다는 의지를 표현한 거야.

네가 '꿈 지도'를 그리고 나면 엄마랑 서로 꿈에 관해 이야기를 나눠보자. 진짜 자신이 원하는 꿈인지 검증하는 작업을 하는 거야. 꿈이 어디서 시작해서 어디로 가고 있는지 그 과정을 지켜보는 거지. 매일 들여다보고 1년에 한 번은 점검하면서 서로의 꿈을 키워가면 좋겠다. 어려움이 있다면 무엇인지, 어려움을 극복해 나갈 방법은 무엇인지도 찾아보자. 때로는 현실에 부딪혀서 꿈을 수정할 수도 있을 거야. 꿈은 가꾸어 가는 것이고, 완성형이 아니라 진행형이니까. 바뀐 꿈에서 더 좋은 것을 발견할 수도 있거든. 하루가 이틀이 되고, 이틀이 사흘이 되면서 세월은 쌓여가겠지. 그렇게 조금씩 키우다 보면 어느 순간 너의 꿈 앞에 서 있을 거라 엄마는 믿는다. 달 착륙은 '달나라에 가고 싶다'라는 소박한 꿈에서 시작되었다는 것을 기억하자. 엄마가 언제나 네 꿈을 응원할게.

실패는 항상
가르침을 준단다

네 남자 동창이 입시 실패해서 머리 빡빡 밀고 입대했다고 했었지. 너도 어쩌면 재수를 실패라고 생각할지도 모르겠구나. 모든 걸 잃었다며 좌절하고 있지 않을까 걱정이 되기도 한단다. 학벌로 평가받는 사회에서 입시 실패가 주는 충격은 매우 크게 느껴질 거야. 네 인생에서 처음 경험한 실패였으니 마음이 얼마나 괴로웠을까. 엄마는 상상도 할 수 없었어.

수능을 치른 날, 울음을 쏟아낸 너에게 말했지.

"실패해도 괜찮아!"

너는 참으려고 애써 보지만 자꾸만 솟구치는 울음을 어찌할 수 없다고 했었어. 그러고는 이렇게 말하더구나.

"내가 안 괜찮은데 어떡해…."

그래, 네 말이 옳다. 너의 노력과 꿈이 어쩌면 한순간에 무너져 버린 듯한 그 시간이 어찌 괜찮을 수 있겠니. 엄마의 말이 무슨 위로가 되겠니. 누구의 말도 위로가 될 수 없는 순간이었을 거야. 그래서 조용히 너를 지켜보는 수밖에 없었단다.

그래도 엄마는 속으로 말했어. '괜찮다. 괜찮아! 실패해도 괜찮아. 정말로 실패해도 괜찮아! 네가 힘들고 어려웠던 시간을 보냈다는 것만으로도 반은 성공한 거야. 그 세월을 겪어낼 힘이 이미 너에게 생긴 거야. 그러니 반은 성공한 거지.' 입 밖으로 자꾸 터져 나오는 울음을 참아내는 너를 지켜보며 마음으로 외쳤단다.

얼마의 시간이 흐르고 너는 웃으면서 "엄마, 고마워요. 힘들겠지만, 다시 도전할게요."라고 말했지. "그래! 다시 힘을 내줘서 고맙구나." 너를 안고 등을 토닥거렸던 기억이 나.

지금의 실패가 마음 아프겠지만, 다시 시작하면 되는 거야. 이제 겨우 스무 살인데 뭐 어때. 젊고 건강한데, 무엇인들 못 하겠니. 다시 힘을 내보자꾸나.

"실패해도 괜찮아!"

지금은 이런 말이 도움이 되지 않을지도 몰라. 그렇지만, 실패해도 괜찮다는 것은 그냥 하는 위로가 아닌 진심이란다. 이미 네가 여러 번의 실패를 경험했을지라도 다 괜찮아. 너도 알고 있듯이 '실패는 성공의 어머니'이기 때문이야.

앞으로 살아가는 동안 학업의 실패뿐만 아니라 수많은 실패를 경험하게 될 거야. 취업 실패, 승진 실패, 연애 실패, 결혼 실패, 투자 실패…. 입시 실패보다 더 묵직한 실패들이 너를 기다리고 있단다. 20대에 경험하는 시험 실패가 나중엔 사소하게 여겨질지도 몰라. 그래도 실패는 언제나 가슴이 아프겠지. 그런데 바꿔서 생각해 보자. 세상에 실패 없는 성공이 있을 수 있을까? 시도하지 않으면 실패도 없겠지만 성공 또한 있을 수 없는 거야. 아무것도 하지 않으면 아무것도 이루지 못하는 거니까.

아기가 "엄마"라는 말을 내뱉기까지는 만 번의 소리를 듣고, 수많은 옹알이를 거쳐야 한단다. 어린아이의 걸음마는 수천 번을 넘어져야 성공하는 거야. 네가 자전거를 배우던 때를 떠올려 보렴. 세발자전거에서 두발자전거로 옮겨갈 때 넘어질까 무서워했었지. 아빠가 뒤에서 잡아주고, 혼자 페달을 굴려 보기를 반복하면서 수없이 넘어졌던 것 기억하지? 그래도 넌 포기하지 않았어. 무릎이 까지고 넘어지는 게 두려워 포기했다면, 너는 결코 자전거를 탈 수 없었을 거야.

야구신수 이승엽의 KBO 리그 통산 타율은 0.302였어. 열 번 중 6~7번은 실패했다는 의미야. 아무리 잘 치는 타자도 성공률보다 실패율이 높단다. 농구 황제 마이클 조던은 선수 생활 동안 9,000번 이상의 슛을 놓쳤고, 300번의 시합에서 졌어. 경기의 승패를 결정짓는 위닝샷도 실패했단다.

토머스 에디슨도 백열전구를 발명하기 위해 수백 가지가 넘는 재료로 같은 실험을 수없이 반복했다고 하지. 에디슨은 2,000번이 넘는 실패 끝에 백열전구를 발명했지만, 실패의 순간을 실패로 여기지 않았어. 실패를 밑거름 삼고, 발명을 포기하지 않았단다. 한 기자회견에서 에디슨은 수많은 실패를 지적하는 기자들의 질문에 이렇게 답했다고 해. "나는 단지 2,000가지의 방법이 효과가 없다는 걸 입증했을 뿐이다."라고 말이야.

우리가 이승엽 선수나 마이클 조던, 에디슨이 될 필요는 없어. 그들이 이룬 성과는 너무나 위대한 것이어서 감히 따라갈 수가 없을지도 몰라. 그러나 결과가 아닌 그들이 노력한 과정을 보면서 배울 점을 찾아보면 좋겠구나. 우리가 결과에만 주목한다면 배울 점을 찾지 못하겠지. 성과만 보고 남다른 재능을 가졌다거나 머리가 좋았을 것이라 여길 테니까.

성공을 거둔 사람은 한 번도 실패하지 않았을 것 같지만, 그 반대야. 성공한 사람일수록 수많은 실패를 경험한단다. 그들이 우리와 다른 점은 끊임없이 실패하고 도전하기를 반복한다는 거야. 성공한 사람들도 우리와 똑같이 실패를 겪지만, 실패 속에서 길을 찾아간단다. 실패해서 포기하는 것이 아니라 실패했기 때문에 다시 도전하는 거야. 좌절을 극복하면서 조금씩 성공의 길을 찾아가는 거지. 실패는 그저 성공을 향해 가는 길목에 서 있는 징검다리일 뿐이라고 여기면서 말이야. 그렇게 하나씩 건너다보면 어느 순간 목표지점에 도달해 있을 거란다.

마이클 조던이 한 광고에서 말했어.

"나의 명성은 경기에서 이루어진 것이 아니라 체육관에서 이루어졌다. 농구에 천부적인 재능을 타고난 것이 아니라 실패에서 동기를 찾은 것이다. 단 하루도 연습을 게을리하지 않았기에 경기에서 승리할 수 있었다. 농구 코트에서 보여지는 모습이 전부가 아니라 실패를 거듭한 끝에 얻은 승리다."

오랫동안 무명 배우로 활동하다가 늦깎이로 성공한 배우들도 있어. 배우 조진웅은 13년 동안 무명생활을 했고, 하정우는 6년, 조정석은 12년, 황정민은 13년, 김영민은 15년의 무명시절을 거쳤단다. 지금은 성공한 톱스타로 화려한 스포트라이트를 받지만, 오랜 시간 자기 일을 묵묵히 해왔기에 빛을 볼 수 있는 거야.

개그맨 김병만은 개그맨 시험에 7번 떨어졌고, 백제대 방송연예과에 3번, 서울예전 연극과 6번, 전주우석대도 모두 떨어졌단다. 해병대를 가고 싶었는데 키 때문에 군 면제가 되었대. 아버지한테 왜 이리 작게 낳았냐며 대들기도 했었나 봐. 그래도 끊임없이 찾아드는 실패에 포기하지 않았지. 실패의 달인이었던 김병만은 이제 인생의 달인인 거야.

그러니 실패했다고 좌절하지 마라. 실패가 두려워 포기하지도 말자. 너는 이제 겨우 작은 실패 하나를 마주했을 뿐이니까. 이제 막 인생의 출발점에 서 있을 뿐이란다. 젊다는 건 무엇이든 다시 시작하기 딱 좋은 시기에 서 있다는 뜻이야. 무엇을 해도 괜찮을 나이야. 실패해도 다시 일어서면 그뿐일 나이란다. 20대는 좌충우돌하면서 무엇이든 도전해 봐도 충분히 늦지 않은 나이야. 행여나 부모가 너를 믿지 못하겠다는 눈초리로 바라본다면 당당하게 말하렴. "걱정하지 마세요. 실패할 수도 있지요. 넘어져도 다시 일어나는 것이 중요하지, 성공하는 것만이 중요한 것은 아니지 않겠어요?"라고. 그 말을 들은 부모는 기꺼이 너에게 용기와 격려를 보낼 거야. 오히려 실패를 두려워해서 도전하지 않는 것을 안타까워할지도 몰라.

스무 살은 그 누구도 부러워할 필요가 없단다. 이제 겨우 시작일 뿐이고 앞으로 살아갈 날이 더 많으니까. 길고 짧은 건 대 봐야 안다는 말이 있듯이 인생이라는 큰 그림을 그리면서 앞으로 나가 보렴. 아무것도 안 하면 실패는 없겠지만 성공도 없다는 걸 기억해. 스무 살에 겪는 실패가 네 인생의 커다란 밑거름이 될 거야. 실패는 항상 가르침을 준단다. 그만큼 성숙한 인간이 되기도 하지.

인생이란 하루아침에 완성되는 것이 아니란다. 오르막길이 있으면, 내리막길이 있고, 탄탄대로가 있다가도 때로는 진흙탕에 빠지기도 하겠지. 진흙탕에서 빠져나오게 도와주는 사람은 너 자신이야. 그러니 어떤 상황이든 스스로를 믿고 다시 일어서 보자.

　　딸아, 행복은 여기에 있단다

네가 한 선택에
당당해져라

네 동생이 초등학교 6학년 때였
어. 공부에 별로 흥미가 없는 것 같더구나. 공부 이외에 다양한 길
도 있다는 것을 보여주고 싶었어. 기분전환도 되고, 체험활동도 할
수 있는 주말농장을 해 보자고 제안했단다. 그해 봄, 고양시에 있
는 주말농장을 분양받았어. 같이 밭을 갈고, 거름을 주었지. 처음
하는 일이라 서툴렀지 뭐니. 괭이질이며 삽질이 쉬운 일은 아니더
구나. 열무와 아욱의 씨앗을 뿌리고, 상추, 케일의 모종을 가져다
가 심었어. 아무것도 없던 땅에 새싹이 올라오고, 상추와 케일은
무럭무럭 자라기 시작했어. 주말농장에 갈 때마다 성큼 자라있는
식물들을 보면서 네 동생의 얼굴이 점점 환해지더라. 채소를 수확
하고 나서는 고추, 가지, 토마토도 심었어. 열매채소가 주는 기쁨

은 두 배가 되더구나. 네 동생이 말로 표현하진 않았지만, 하얀 치아를 드러내며 웃는 얼굴을 보니 네 동생도 즐거워하고 있다는 것을 알았지.

"아들아! 우리 시골 가서 농사짓고 살면 어떨까?"

"나는 몸으로 하는 걸 좋아하지만 너무 힘든 건 싫어."

그 후로 엄마는 네 동생에게 농사짓자는 말을 하지 않았어. 대학을 가느냐 마느냐도 농사를 짓는 것과 마찬가지라고 생각해. 네가 원하지 않으면 가지 않아도 되고, 네가 원하면 가면 되는 거야. 인생의 여러 길 가운데 대학이라는 길이 하나 있을 뿐인 거지.

네가 공부에 뜻이 없고, 대학 진학의 필요성을 느끼지 못한다고 해도 주변 친구들이나 사회 분위기를 따라 대학에 진학할 수도 있을 거야. 대학에 진학하지 않으면 그게 오히려 이상한 거라고 생각할 수도 있겠지. 주관이 뚜렷하거나 진로에 대한 명확한 목표가 없으면 분위기에 휩쓸릴 수밖에 없으니까.

엄마가 너와 동생에게 늘 말했었지. 원하지 않으면 대학에 진학하지 않아도 된다고. 그럼에도 너는 대학에 가겠다고 했었어. 그럴 때마나 엄마가 이상한 사람으로 느껴졌을까? '다른 엄마들은 자녀를 대학 못 보내서 안달인데, 우리 엄마는 왜 반대일까?' 어쩌면 엄마가 말로만 저러지 속으로는 다른 마음일 거야. 생각했을 수도 있겠다. 무언의 압박쯤으로 받아들였으려나. 대학을 나와야 사회적으로 대우받는다고 생각했을 수도 있겠다. 학사 학위가 없어도 할 수 있는 일은 많은데 말이야. 대학을 나오지 않으면 무시당한다고 생각해서 원하지 않는데 선택할 수밖에 없었던 걸지도 모르겠어.

엄마는 대학을 친구 따라 강남 가듯 갈 필요는 없다고 생각해. 대학을 가지 않고도 성공한 삶을 살아갈 수 있으니까. 디자이너 앙드레 김, 작가 박경리, 현대그룹 회장 정주영, 대통령 노무현, 현 국회의원 양향자…. 모두 변변찮은 학력으로도 성공했잖니. 너도 잘 알고 있는 방탄소년단 멤버도 한 명을 제외하곤 모두 고졸이고, 가수 보아 역시 고등학교 검정고시 출신이란다. 축구선수, 야구선수 중에는 더 많이 있어. 학력이 아닌 자신의 꿈과 능력으로 성공한 사람들이라고 할 수 있지.

엄마는 자녀가 대학을 가지 않아도 좋다고 생각하는 부모들이 좀 더 많아졌으면 좋겠어. 대학이 꿈과 행복을 더 가져다주는 건 아니니까. 사회적으로 높은 지위를 갖지 않아도, 유명하지 않아도 그럭저럭 괜찮은 삶을 충분히 살 수 있다고 생각해. 대학에 간다고 반드시 더 나은 삶을 사는 것도 아니란다. 당장 대학에 가지 않아도 취업하고 나중에 필요할 때 대학에 진학해도 되거든.

엄마 초등학교 친구 중에는 대학에 진학하지 않은 친구들이 많아. 집안 형편이 어려웠던 친구도 있고, 남동생에 밀려 대학 진학을 포기한 친구들도 있지. 부모님이 여자는 굳이 대학에 갈 필요가 없다며 합격했는데도 등록금을 지원해주지 않아 다니지 못한 친구도 있어. 공부에 뜻이 없거나 대학의 필요성을 느끼지 못한 친구들도 있단다. 30여 년이 지나고 지금 그 친구들을 만나보면 사는 게 별반 다르지 않단다. 오히려 자신의 삶에 만족하면서 잘 사는 친구들이 많아.

요즘은 교육전문가들도 그렇게 말하더라. 무조건 대학에 가야 한다는 생각을 부모부터 버려야 한다고. 대신 아이 스스로 깨닫게 해주라고 말이야. 유명한 강사들도 하나같이 대학에 보내기보다 다른 길을 열어서 창의적인, 행복한 삶을 살아갈 수 있게 도와주라고 하더라. 고학력자들의 실업난이 가속되면서 사회문제가 되고, 고등교육의 문제점이 제기되고 있어. 정치권에서도 학벌로 차별받지 않도록 제도를 마련하고, 대학졸업자가 아니어도 가질 수 있는 일자리를 많이 만들려고 노력한단다.

이런 사회적 분위기 속에서도 너는 여전히 대학은 꼭 나와야 한다고 생각할지도 몰라. 물론, 대학을 나오지 않으면 취업하기도 어렵고 자격조차 주어지지 않는 직군들도 있어. 의사, 간호사, 약사, 한의사, 판·검사, 변호사, 교사, 교수 같은 직업들은 학위를 받고 국가고시나 자격시험에 통과해야만 가질 수 있는 직업들이야. 하지만 대학 과정이 필수가 아닌 직군이 더 많아. 코로나 이후 학력과 상관없이 능력만 있으면 채용하려는 직장도 늘어나고 있단다. 학력보다 실력을 중시하는 시대가 된 거지. 게다가 요즘은 대학 강의가 온라인으로 이루어지잖아. 대학 무용론까지 대두되고 있는 세상이란다.

회사에서 신규 채용할 때 대졸자를 원하는 경우가 많은 건 사실이야. 그렇다 보니 좀 더 조건이 좋은 직장에 가기 위해 대학이 필수라고 생각하는 거지. 회사 승진도 좋은 대학졸업자가 더 유리할 때가 있어. 대학을 기준으로 불평등을 초래하니 너 나 할 것 없이 대학 진학을 원하는 거겠지. 누구나 남보다 나은 삶을 살아가길 원하니까. 상대적 빈곤감으로 우울하다고 말하는 사람들도 있지만, 엄마는 네가 남과 비교한 삶을 살기보다 네가 원하는 삶을 살길 바라. 자신이 원하는 삶을 사는 것이 행복한 삶이자 가장 잘 사는 길이기 때문이야.

대학 진학을 하겠다고 하든, 그렇지 않든 너의 생각을 존중해. 네가 가장 행복하게 사는 방법을 선택했을 거라고 믿거든. 네가 충분히 고민한 길일 테니 네 뜻을 존중할 거야.

이제 네가 어떤 선택을 하더라도 목표만큼은 분명히 했으면 좋겠다. 네가 대학에 진학하기로 했다면, 대학에 진학해서 무엇을 하고 싶은지, 대학 이후의 삶은 어떻게 살고 싶은지 계획을 세웠으면 좋겠어. 대학에 진학하지 않는 쪽을 택했다면 네 삶의 목표는 무엇인지, 어떤 방향으로 살아갈 것인지 정하는 일이 중요해. 어떤 선택을 하든, 어떤 경로를 거치든, 분명히 정해서 나아갔으면 좋겠어. 선택하기에 앞서 충분히 생각하고 고민해야 후회가 없을 거야.

삶은 누군가 대신 살아줄 수 있는 것이 아니란다. 그러니 자신의 삶에 대해서 충분한 고민이 필요해. 더디게 가더라도 원하는 삶을 살았으면 해. 한 번뿐인 삶을 사는 거라면 좀 더 나은 선택, 나은 방향으로 나아가길 바라는 게 엄마의 바람이란다.

자신의 선택에 책임을 질 수 있어야겠지? 어떤 사람들은 '엄마가 하라고 해서' 혹은 '남들이 다 그렇게 하니까'라고 말하기도 하잖아. 물론, 부모나 사회적 분위기를 이유로 원치 않는 선택을 할 수도 있을 거야. 주변 사람이나 사회적 분위기를 무시하고 사는 건 쉽지 않으니까. 하지만 최종 선택은 스스로가 하는 거야. 그러니 누군가를 탓하기보다 자신의 선택에 책임지는 자세가 필요하단다.

선택엔 그만한 이유와 가치가 있기 마련이야. 네가 한 선택에 대해서는 누가 뭐라 해도 당당해지길 바란다. 선택 후에 따라오는 책임도 오로시 너의 몫이라는 것을 잊시 말사. 네 삶은 누군가 대신 살아주는 것이 아니라 오로지 자신만이 살 수 있다는 것도.

탐구하고
또 탐구하라

20대는 공부하기 딱 좋은 나이란다. 네가 취업을 했다면 네 분야에서 최고가 되는 길을 공부하면 되고, 대학에 진학했다면 관심 있는 학문에 몰입하면 된단다. 20대에 꿈을 키워나가는 공부는 시대와 장소를 불문하고 꼭 필요한 일이야. 특히, 네가 지금 대학에 진학했다면 학문탐구에 한 번쯤 미쳐봤으면 좋겠다.

대학에 진학하는 목표와 이유에 대해서 충분히 생각하고, 자신이 원하는 대학에 원하는 과에 입학했다면 대학 생활이 어렵지 않겠지. 하지만 대학에 대한 막연한 환상이나 부모의 강요로 진학한 경우라면 상당 기간 방황을 할 수도 있어. 더구나 전공이 적성에 맞지 않거나, 학교가 마음에 들지 않는 경우에도 많은 어려움을 겪을 수 있겠지. 그럴 때 어떻게 해야 할까? 대학의 교양수업 중에 자기계발, 진로설계, 인생설계와 같은 과목을 수강해보거나 대학 내 전공이나 진로를 상담해주는 곳을 찾아가보는 것도 좋겠구나. 부모한테도 알리고 어려움을 함께 풀어가기 바란다. 네 고민이 깊어지거나 돌이킬 수 없는 문제가 발생한 후엔 너도 부모도 더 큰 어려움을 겪을 수도 있어. 혹시라도 부모님께 야단맞을까 봐 두려운 거라면 걱정하지 않아도 된단다. 세상에 자식 이기는 부모는 없단다. 네 뜻과 생각만 분명하다면 처음에 반대하던 부모도 너의 뜻을 꺾진 못할 거야. 전공이 너와 맞지 않는다면 전과나 편입을 고민해 볼 수 있겠고, 학교가 마음에 들지 않는다면 과감하게 재수를 할 수도 있겠지. 방법이야 여러 가지가 있으니 문제를 함께 풀어가려고만 하면 된단다.

전공이나 학교에 대한 고민이 끝났다면 이제 어떻게 공부할 것인지 생각하면 된단다. 요즘은 취업사관학교처럼 말하는 경향도 있지만 대학은 여전히 진리와 학문을 탐구하는 곳이란다. 흔히 대학을 '상아탑'이라고 부르지. 상아탑이란, 코끼리의 위쪽 어금니인 상아로 이루어진 탑이라는 뜻이야. 속세를 떠나 예술을 사랑하는 태도나 학문을 연구하는 곳이라는 의미가 담겨 있어. 대학의 본질은 진리와 학문 탐구에 있단다. 게다가 대학은 학문을 탐구하기 가장 좋은 곳이야. 공부하고자 하는 사람이 모여 있고, 공부할 공간이 마련되어 있고, 공부할 자료도 넘쳐나잖니. 너는 대학에 어떤 희망을 갖고 있니?

　엄마가 대학에 입학한 1988년은 6월 항쟁이 끝난 바로 다음 해라서 그 여운이 학내에 남아 있었어. 4월엔 걸핏하면 학생들이 수업을 거부했고, 휴강하기 일쑤였단다. 대학에서 공부를 한다는 건 먼 나라 이야기였어. 코로나가 발발한 2020년은 내가 대학에 다니던 때보다 더 어려운 상황이었던 것 같구나. 팬데믹으로 학교가 폐쇄되고, 수업은 멈췄지. 현장 강의 대신 비대면 수업으로 전환되기도 했고 말이야. 올해도 상황은 별로 나아진 것 같지 않구나. 이미 거의 모든 대학들이 실습을 제외한 강의를 비대면으로 진행하고 있어. 코로나로 힘든 수험생 시절을 겪은 너에게 대학의 상황도 별반 다르지 않을 것 같아 안타까운 생각도 든다. 캠퍼스의 봄을 만끽하면서 친구들과 교정을 거닐고, 교수님과 얼굴을 맞대며 공부하면 얼마나 좋을까. 대학의 싱그러운 바람과 새내기 친구들의 재잘거림 속에서 듣는 수업이 제맛인데 말이야.

　그래도 다행인 것은 컴퓨터 보급과 인터넷의 발달로 공부하고자 하는 마음만 있으면 무엇이든 가능하니 참 편리한 세상이지. 너도 비대면 강의를 해봐서 알겠지만, 인터넷 강의는 오로지 자신이 집중하고 공부하려고 해야 효과적이란다. 현장 강의라면 졸다가 깨어나서 몇 가지 주워들을 수도 있지만, 인터넷 강의는 켜 놓고 게임을 하거나 딴짓하기 일쑤이니 효율성이 떨어질 수밖에 없지. 한 번 경험해 보았으니, 올해는 온라인 강의에 더 잘 적응할 것이라고 믿어.

엄마도 온라인 강의로 공부한 적이 있단다. 대학을 졸업하고 18년이 지난 후 다시 공부를 시작했었지. 2010년 사이버 대학교 상담심리학과 3학년에 편입학을 했단다. 사이버 대학들이 생겨나기 시작한 지 약 10년 정도 지난 시점이었지. 지금이야 많은 대학에 사이버 강의가 개설되어 있지만 2010년만 해도 그리 많지는 않았거든. 인터넷 수업이 시간과 공간의 제약이 없다는 장점이 있는 반면 공부의 효율성은 높지 않아서 몇몇 대학에서만 사이버 강의를 하고 있는 상태였어.

지방에 사는데 서울에 있는 대학 수업을 들을 수 있고, 육아도 병행할 수 있었으니 사이버 대학이 딱 맞았단다. 게다가 학비도 저렴하니 일석이조였지. 공부하고자 하는 목표도 뚜렷했어. 아이를 키우면서 겪고 있는 심리적 고통과 어려움을 극복하고 싶다는 마음이 킹렬했거든. 공부하고 싶다는 마음이 크니까 강의가 너무 재미있더라. 강의 들으면서 현재 상황과 비교해 보고, 어떻게 하면 좋을지 생각해 보고, 혼자 실습도 해보면서 강의를 따라갔어.

사이버 대학이라는 것이 시작은 쉽지만, 과정을 꾸준히 이어가지 못하고 포기하는 사람들이 많단다. 엄마가 무사히 졸업까지 갈 수 있었던 건 공부에 대한 뚜렷한 목표가 있었기 때문이라고 생각해.

20대에 대학을 다닐 때 사실 엄마는 전공 공부를 열심히 하지 않았단다. 전공에 관심이 없었고, 사회적인 문제에 더 많은 신경을 쓰느라 공부를 게을리했었어. 사회의 어수선한 분위기 속에서 전공과목이었던 간호학에 대한 마음은 늘 건성이었지. 대신 사회과학 서적은 수없이 읽었단다. 몇 날 며칠 동안 밤낮 가리지 않고 책만 읽었어. 이해되지 않으면 반복해서 읽었고, 하도 읽어서 내용을 외우기도 했지. 읽다가 의문이 생기면 친구들과 토론하면서 깨우쳐나갔단다. 학습과 토론을 통해 얻은 지식은 학생회 활동의 토대가 되었어. 누가 시켜서 한 게 아니다 보니 자발적인 마음으로 이루어진 학문 탐구가 엄마는 참 즐거웠어. 시간 가는 줄 몰랐단다.

요즘은 반드시 대학이 아니더라도 시간과 공간의 제약을 받지 않고 공부할 수 있는 길이 많지. 많은 대학에서 사이버 대학을 개설했고, 유튜브 동영상 강의도 좋은 내용을 많이 담고 있단다. 또 다른 온라인 강의로 MOOC가 있어. MOOC란 '온라인 공개 수업(Massive Open Online Course)'의 약자인데, 보통 '무크'라고 읽는단다. MOOC의 사전적 의미는 '대규모 사용자를 대상으로 제공하는 온라인 공개 수업'이야. 대학 수업을 온라인으로 접속해 무료로 들을 수 있는 시스템인 거지. 한국형 온라인 강좌는 K-MOOC 라고 부르고, 미국의 비영리재단에서 운영하는 1회성 강연으로 테드(TED)가 있어. 코세라(Coursera)는 미국 대학뿐 아니라 세계 여러 대학 교수의 강의를 들을 수 있는 사이트란다. 안방에서 우리나라 유명 대학뿐 아니라 스텐퍼드대나 예일대 교수의 강의를 들을 수 있으니 얼마나 편리한 세상이니.

온라인 강의 위상은 코로나 영향으로 더 높아진 셈이야. 평생 교육 시대인 만큼 마음만 있다면 얼마든지 공부할 수 있으니 말이야. 온라인 강의를 통해 학점 이수나 자격증 취득도 가능하니까 그 수요는 점점 많아지겠지. 기업에서 이루어지는 직원교육도 온라인 강의가 많아지는 추세야.

네가 지금 대학에 다니고 있다면 공부하기 가장 좋은 장소에 있는 거야. 가장 좋은 시기라고 생각하면 된단다. 젊고 건강해서 기억력과 학습력이 가장 좋을 때인 거지. 올해 대학 강의도 비대면으로 이루어질 예정이니 시간도 넉넉할 거야. 네가 신경 써야 할 일이 많으니 경제적 책임이 막중한 상황이 아니라면 오직 공부에만 관심과 열정을 쏟아도 되겠지. 네 꿈을 이루기 위한 지름길일 테니 말이야.

스무 살에 하는 공부가 학점을 따고, 자격증을 따는 일에만 머무르지 않았으면 좋겠단다. 외국어든, 전공이든, 운동이든, 악기든 온 마음을 다하여 열정을 쏟을 수 있는 학문이면 무엇이든 탐구해 보았으면 좋겠구나. 딱 일 년만 제대로 공부해 보렴. 일 년만 공부에 미쳐보면 좋겠구나. 네가 어렸을 때, 공주를 좋아하던 시절을 떠올려보면 하나에 미친다는 것이 어떤 것인지 기억할 수 있을 거야. 자나 깨나 공주 책만 보고, 공주 놀이만 하고, 공주 장난감만 가지고 놀던 때를 회상해보렴. 얼마나 좋으면 공주가 나오는 꿈을 꿨겠니.

밤낮없이 오로지 하나만 생각하고, 하나에만 몰입하는 것, 그게 진짜 공부란다. 스무 살에 배우고 익힌 학습의 즐거움은 평생 가거든. 더구나 우리의 평균수명이 길어진 만큼 학습능력을 키우고 학습하는 기쁨을 맛보는 것은 인생의 커다란 즐거움이라고 할 수 있단다. 스물은 단 하나에만 에너지를 쏟아도 부족할 정도로 짧단다. 탐구하고 또 탐구하렴. 공자께서 "학이시습지 불역열호(學而時習之 不亦說乎)"라고 말씀하셨거든. 배우고 익히는 것이 얼마나 기쁜 일인지 다시 한번 생각하게 하는 말씀이지.

배움에
늦은 때란 없다

엄마가 어렸을 때 어른들이 "얘야, 배움에는 다 때가 있단다. 때를 놓치면 배울 수 없단다. 그러니 열심히 공부하거라."라고 말씀하시곤 했어.

아마도 게으름을 피우는 아이를 격려하기 위해 하시는 말씀이었을 거야. 게다가 우리나라의 위인들은 하나같이 어렸을 때부터 신동이었잖니. 세 살에 천자문을 떼고, 일곱 살에는 시를 읊고, 열세 살에 과거 시험에 합격하곤 했으니까.

디구니 가난 때문에 배우지 못힌 설움을 인고 살아온 부모들은 자식 교육이라면 모든 걸 다 바쳤단다. 세계에서 교육열이 가장 높은 나라가 우리나라라고 하지. 그 덕분에 2008년 우리나라 문맹률은 1.7%로 세계에서 가장 낮았단다. 요즘 세대 가운데 글을 읽지 못하거나 셈을 못하는 사람은 거의 없다는 뜻이지.

우리 부모 세대는 초등학교도 가지 못한 사람이 많았어. 학교를 졸업하면 공부할 일도 거의 없었지. 먹고살기 바쁘고, 가족을 부양하느라 선택지가 없었던 거야. 공부할 기회를 한 번 잃으면 영원히 얻지 못하는 것이라 생각했단다. 그런데 요즘은 세상이 달라졌잖니. 100세를 살아야 하는 우리 세대는 이제 평생학습을 해야 해. 65세 정년을 마치고도 35년을 더 살아야 하니 정년퇴직 후에도 새로운 일자리를 구하는 사람이 많아. 35년이라는 시간은 허송세월로 보내기엔 너무 긴 시간이야. 살아온 시간만큼 더 살아가야 하기 때문에 우리는 나이를 먹어서도 배우고 학습해야 한단다. 배움이 필수인 시대야.

지금 스무 살이거나 스물을 한참 지났어도 20대를 살고 있다면, 80년이라는 인생이 남아 있는 거나 마찬가지야. 20대는 앞으로 살아갈 인생에서 이제 겨우 4분의 1을 산 거니까 너무 조급하게 생각하지 말렴. 스물세 살, 스물네 살이라 공부하기 늦었다고 생각한다면 '늦었다고 생각할 때가 가장 빠를 때'라는 격언을 생각해 보았으면 좋겠어.

아는 후배 중에 고등학교를 졸업하고, 간호조무사로 일한 친구가 있었어. 일을 하다가 사회복지학과 공부를 하고, 사회복지사로 일하다가 다시 간호학과에 들어가서 간호사 면허증을 취득한 경우야. 간호학과에 다닐 때는 서른을 한참 지난 나이였단다. 더구나 학생으로 병원 실습을 할 때는 임신한 상태였다고 하더라. 만약 이 후배가 자신이 공부하기에는 너무 늦은 나이라고 생각했다면 제대로 공부할 수 없었겠지. 요즘 간호학과는 30~40대 입학생들도 많이 있어. 만학도 대부분은 절실한 자기 필요성에 의해서 공부를 시작하니까 남들보다 더 열심히 한단다.

엄마도 마흔다섯 살에 대학원 공부를 앞두고 '너무 늦은 나이 아닐까'라는 생각을 했단다. 그런데 '궁하면 찾는다'라는 말이 있잖아. 할아버지가 돌아가시고 할머니의 치매 증상이 수면 위로 떠올랐을 때였어. 치매를 어떻게 이해하고 돌봐야 할지 몰라 가족들이 우왕좌왕하는데, 엄마가 간호사라고 다들 나한테 전화를 하는 거야. 뭘 알아야 말을 하지. 치매 어머니를 어떻게 돌봐야 하는지 모르는 건 나도 마찬가지였는데…. 엄마도 할머니를 받아들이기 힘들었고, 혼란스러운 건 마찬가지였어. 치매는 그간 접해보지 못했던 영역이었으니까. 그래서 공부를 생각하게 된 거였어.

그런네 고민이 되너구나. '내 나이가 대학원 공부를 하기에는 너무 늦은 건 아닐까? 이 나이에 공부하는 것이 의미가 있을까?'라고 말이야. 그때 네 아빠가 이렇게 말하더구나. "할까 말까 고민할 때 해 보라고 했어. 안 하고 후회하는 것보다 해 보고 후회하는 게 나아." 그렇게 네 아빠 덕분에 엄마는 마흔다섯 살에 대학원 공부를 하기로 마음먹었던 거란다.

대학원 공부가 쉽지는 않더구나. 그저 혼자 책을 읽는 것과는 매우 달랐단다. 일방적으로 듣기만 하는 수업에 익숙한데, 논문을 읽고 발표하는 수업 방식이 엄마한텐 너무 어려운 거야. 일단 논문한 편을 이해하고 읽어내는 것도 힘들었어. 분명히 우리말인데 이해가 되지 않는 거야. 대학 때 이런 비슷한 숙제가 있었던 것 같기는 한데, 그 시절엔 논문 한 편도 제대로 읽어본 기억이 없거든.

대학교수인 친구에게 연락해서 2시간 정도 개인 교습을 받았어. 개인 교습을 받고 나니 논문의 내용 중 반은 이해가 되고, 반은 이해가 되지 않았어. 그때부턴 혼자서 통계 관련 책을 찾아 읽기 시작했어. '논문 한 편만이라도 제대로 읽어보자'라고 마음먹었기 때문이야. 지도교수님이 논문을 쓰기 위해서는 100편의 논문을 읽어야 한다고 말씀하셨을 때 '한 학기 동안 100편을 읽으리라' 마음먹기도 했단다. 50편쯤 논문을 읽고 나니 논문이란 무엇이며, 어떻게 읽어야 하는지 알겠더구나. 스스로 알아가는 공부에 재미를 느꼈던 것 같아.

대학원 동기 중 어떤 친구들은 교수들이 별로 해주는 게 없다고 불만이 많았어. '공부란 스스로 찾아서 하는 것'인데 말이야. 특히 대학원 공부는 본인이 얼마나 열심히 찾아서 하느냐에 달려 있거든. 대학원에서 논문을 쓰는 일은 교수의 지도로 진행되지만, 대부분은 학생이 주도적으로 해야 하는 공부란다. 학문에 대한 철학을 새롭게 다지고, 연구를 위한 기초 작업인 논문 작성 기술도 익혀야 해. 한글과 영어 논문 읽기, 논문 프로그램 이용하기, 실험 및 통계 방법, 자료 조사 방법 등 추가로 공부해야 할 내용도 많거든. 이런 건 지도교수가 해줄 수 있는 영역이 아니야. 학생이 자율적으로 해야 하는 부분이지. 엄마는 늦은 나이에 시작한 공부였지만 열심히 해서 논문을 쓰고 대학원 과정을 마쳤단다. 긴 여정을 거치고 나니까 자신감이 생기더구나.

대학 공부든, 영어 공부든, 자격증 공부든 어떤 공부도 시작하기 늦은 때란 없단다. 20대인 네가 혹시라도 새로운 공부를 시작하기를 망설이고 있다면 용기를 내렴. '공부할 때'란 '자신이 마음먹을 때'란다.

공부하기 늦은 나이라는 생각이 든다면 자신이 없거나 다른 일로 바쁘거나, 공부하기 싫어서인지 생각해 봐야 해. 진짜 하고 싶은 것이 아니라서 핑계를 대고 있거나 새로운 도전이 귀찮아서일지도 모르니까. 용기가 부족하고, 게으른 것에 대한 나름의 정당성을 부여하기 위한 것일 수 있단다. 중도에 포기하거나 잘못되더라도 네 탓이 아니라 나이 탓으로 돌리고 싶은 마음일 수도 있어. 결과가 잘못되었을 때 자기합리화를 위한 나약함의 다른 표현일지도 몰라. 자신의 의지가 부족하다는 걸 인정하고 싶지 않은 것일지도 모르지.

나이를 먹었다는 이유로 남의 도움만 바라는 사람도 있단다. 하지만 나이를 더 먹었다고 못 해낼 공부는 없단다. 어린 사람들보다 좀 더 노력이 필요할 뿐이야. 한 살이라도 젊은 사람이 체력도 좋고, 기억력, 이해력, 학습능력이 뛰어난 것은 사실이지만, 나이를 먹었다고 공부할 수 없는 것은 아니거든. 열심히 하다 보면 안 되는 공부는 없어.

늦은 나이에 공부를 시작한다면 자기가 진심으로 원하거나 절실하게 필요성을 느껴서인 경우가 많아. 그래서일까 나이 들어 시작한 공부에는 누구든 재미를 느낀단다. 피가 되고 살이 되는 공부를 하는 것이지. 그러니 하고 싶은 공부가 있다면 무엇이든 언제든 시도해 보기를 바란다. 될 때까지 하다 보면 못 해낼 일이란 없으니까. 20대인 너는 공부하기에 가장 좋은 때라는 걸 기억하고.

『백년을 살아보니』에서 저자 김형석은 100세를 살아보니 60세부터가 청춘이라고 하더라. 김형석의 말을 증명하는 사람들은 수도 없이 많아. 네가 공부하기 늦은 나이라고 생각이 든다면 다음 이야기를 떠올려보렴.

전북 군산에 사는 할머니들이 시 90편을 모아서 『할매, 시작(詩作)하다』라는 시집을 발간했단다. 할머니들은 군산시가 2008년부터 운영해 온 '늘푸른학교'에서 문해(文解) 교육을 받아온 '늦깎이 학생'이야. 평생 단 하루도 학교에 다녀 본 적이 없는 분들이지. 동생을 돌봐야 하고 집안일도 해야 해서 학교에 간 첫날 아버지한테 끌려 나온 분도 있어. 평균 75세 이상의 할머니들인데 평생을 까막눈으로 살아오던 분들이 학교에 다니고 글자를 배우기 시작한 거야. 글을 읽고 이해하면서 할머니들의 삶을 담은 시를 쓴 거란다. 시를 쓴 할머니 중 가장 나이가 많으신 분은 93세이신데, 90세가 돼서야 한글을 배우기 시작했다고 하더구나. 배운 내용을 쉽게 잊어버리지만, 공부하는 것이 기쁘다고 말씀하시더라. 마지막으로 할머니 한 분의 말씀이 엄마의 가슴에 남는다.

"이제라도 공부해서 업어 키운 동생들한테 편지 한 장 쓰고 싶어."

'책 쓰기'를
버킷리스트에 담아라

'내 이름 석 자 들어간 책 한 권
쯤 갖고 싶다'라는 바람을 갖는 사람들이 많아졌어. 책을 내고자
하는 사람들은 저마다 자신의 이야기를 세상에 전하려고 하지. 직
장인들은 자신의 몸값을 올려줄 스펙으로 책을 쓰기도 하더라. 책
을 출간하고 스타 강사가 된 사람들을 보면서 성공의 밑거름이 되
어주리라 생각하는 거지. 전문가라면 자신의 이름에 날개를 달아
줄 책 한 권쯤 출간하는 것은 당연한 일이라 여기기도 하더라. 정
치인은 자신의 이름을 알리기 위한 목적으로 책을 사용하기도 한
단다. 퇴직한 사람들은 인생을 되돌아보며 자서전을 써서 후대에
남기고자 하지. 요리를 좋아하면 요리책을, 여행을 좋아하는 사람
은 여행 관련 책을 내기도 해. 잘하는 것이 있고, 표현할 수만 있다

면 누구나 책을 쓰는 세상이야. 요즘처럼 SNS가 발달한 시대는 책 쓰기가 훨씬 쉬워졌거든. 블로그에 글을 올리면서 책 출간으로 이어지는 사람도 많단다.

문예 작품으로 등단하지 않아도 작가가 될 수 있단다. 글을 읽고 쓸 줄 아는 사람이라면 누구라도 책을 쓸 수 있어. 그저 책을 쓰겠다는 마음과 약간의 글쓰기 능력만 있으면 가능한 일이란다. 책을 내고자 하는 사람이 많아지면서 글쓰기 코칭을 하는 강좌도 넘쳐나지. 상업적으로 이용되거나 원고의 질이 떨어지고 있다는 걸 비판하는 목소리도 있지만, 작가의 길이 많아졌다는 것은 매우 바람직한 현상이라고 생각해. 그만큼 지식이나 지혜를 나누려고 하는 사람이 많아졌다는 의미니까. 사회가 자유롭게 발전할 수 있는 길이 더 많이 열렸다는 뜻이 아닐까?

글을 아는 것이 권력이고 힘이었던 시대도 있었지만, 이제는 몇몇 글쟁이들의 전유물이 아닌 거야. '아는 것도 없고, 경험도 없는데, 스무 살에 무슨 책을 써'라고 생각할지도 모르겠다. 하지만 스무 살 인생만으로도 충분히 책을 쓸 수 있다는 걸 기억하렴. 남들도 나 쓰는 책을 너라고 못 쓰겠니. 그러니 스무 살, 너의 버킷리스트에 책 쓰기를 담아보렴. 20대 때 학력, 학점, 토익, 취업보다 더 확실한 스펙은 '책 쓰기'란다.

책을 쓰면 좋은 점이 많다는 것을 너도 알고 있을 거야. 엄마도 경험해 보았잖니. 우선 책을 쓰면 용기와 자신감이 생긴단다. 때로는 부족한 자신의 모습을 드러내야 하고, 부끄러운 과거를 밝히기도 해야 하지만 용기를 내어 책을 쓰고 나면 내가 해냈다는 자신감이 쑥 올라와.

두 번째 장점은 내 자신이 책을 소비하는 소비자가 아니라 책을 만드는 생산자가 된다는 점이야. 독자에서 저자로 바뀌는 거지. 서점이나 도서관에 가면 수없이 많은 책이 있는데 그중에 내 이름으로 되어 있는 책 하나쯤 꽂혀 있다는 게 얼마나 뿌듯한 일이겠니.

세 번째는 한 가지 주제를 다루면서 책을 쓰게 되니, 체계적으로 공부하게 되어 저절로 전문가가 된다는 점이야. 많이 알아서 전문가가 되는 것이 아니라 책을 쓰면서 공부하고 탐구하면서 자연스럽게 전문가가 되는 거란다.

네 번째, 객관적이고 논리적인 사고를 하게 된단다. 책을 쓰면서 많이 생각하게 되거든. 내 말이 옳다는 것을 상대방에게 설득해야 하니 객관적인 근거는 무엇인지, 논리적으로 타당한지 표현하는 방법을 찾게 되는 거지.

다섯 번째, 진정성을 갖고 살게 된단다. 책에 거짓을 말할 수 없으니까 진실하게 살려고 노력하게 되는 거지. 누군가에게는 위로가 되고 힘과 용기를 줄 수도 있는 행위가 책 쓰기야.

여섯 번째, 책은 자신을 홍보할 수 있는 수단이라는 점이야. 입사 면접에서 책 한 권 쏙 내미는 것만으로 자신을 소개할 수 있으니 얼마나 든든하니. 회사에 다니고 있다면 스스로 전문가임을 증명할 수 있는 수단도 되고 말이야.

어때? 정말 좋은 점이 많지? 어쩌면 너는 책을 쓰면 좋은 점은 알겠는데, 인생 첫 책을 어떻게 써야 할지 모르겠다고 생각할 수도 있어. 책을 쓰는 방법과 비법이 분명 있을 거야. 『뼛속까지 내려가서 써라』의 작가 나탈리 골드버그는 멈추지 말고 무조건 쓰라는 걸 강조하지. 무조건 쓰는 것만이 글을 쓰는 유일한 방법이란다. 글쓰기는 글쓰기를 통해서만 배울 수 있거든. 『태백산맥』을 쓴 조정래 작가는 글쓰기는 '엉덩이 힘'이라고도 말했어. 글쓰기는 머리가 아닌 손으로 쓰는 노동이란다. 계속해서 실천하지 않으면 이룰 수 없는 작업이야. 글쓰기에 왕도는 없단다. 조정래 작가 역시 글쓰기는 오직 글쓰기를 통해서 배울 수 있다고 했어. 다른 사람의 도움을 받을 수는 있지만 써야 실력이 키워진단다. 글쓰기는 몸이 하는 실천이야. 달리기를 잘하기 위해서 몸 근육을 만들 듯 글쓰기를 위해서 글쓰기 근육을 만들어야 한다는 걸 기억해.

소설가 이외수는 좋은 글을 쓰기 위해서 반드시 사랑이 필요하다고도 말했어. 『내 인생의 첫 책 쓰기』에도 비슷한 내용이 나와.

글쓰기 비결은 '사랑과 진정성'이라는 거지. 자신의 글을 읽는 독자에 대한 애정을 가지고 써야 하는 거야. 자신의 것이 아닌 걸 멋지게 말하려고 하면 다 티가 나거든. 진실을 담아서 써야 해. 그래야 다른 사람의 마음을 울리는 좋은 글이 나온다는 거지. 책은 작가와 분리되어 있지 않단다. 좋은 삶을 만들어 놓아야 좋은 책을 쓸 수 있고, 진정성을 가지고 책을 써야 좋은 책이 나오는 거라고 할 수 있겠지. 작가의 생각과 삶이 책을 통해 고스란히 드러나기 때문이야. 책은 자신의 경험과 지식, 혹은 지혜를 담아 다른 사람과 나누는 과정이야. 책을 통해서 사랑을 나누는 과정이 되는 거지. 사랑이 없으면 글을 쓸 수 없단다.

내가 책 쓰는 방법을 잘 알고 있는 사람이라고 가정해보자. 책을 쓰니 좋은 점이 많아서 다른 사람에게도 알려 주고 싶어. 다른 사람도 나처럼 책을 내서 좋은 일이 많았으면 좋겠어. 그래서 책 쓰는 방법을 알려주는 책을 쓰게 돼. 많은 사람들이 자신과 같은 기쁨을 누렸으면 하는 마음이 없으면 비법을 공유하고 싶은 마음도 없을 거야. 엄마는 가끔 '내가 20대에 책을 썼다면 내 인생이 지금과 얼마나 달라졌을까?' 상상해 본단다.

지금 당장 책 쓰기가 어렵다면 실천 가능한 것부터 해 보는 것이 좋아. 버킷리스트에 '29세에 인생 첫 책을 출판한다.'라는 목표를 담아보자. 그리고 오늘부터 '매일 30분씩 글쓰기'를 시작하렴. 일기든, 여행이든, 영화든, 책이든, 주제가 있든 없든 펜이 움직이는 대로 무조건 글을 써 보는 거야. 잘된 글인지, 좋은 글인지, 논리적인지 묻지도 따지지도 말고 무조건 글을 써 보자. 몸 근육이 잡히듯 글 근육이 생길 때까지 계속해서 쓰는 거지.

쓰는 습관이 잡히면 자신은 어떤 분야에 관심이 있는지, 어떤 사람에게 사랑의 마음을 전할지 생각해 보자. 너 혼자 간직하기는 아까운 것, 다른 사람도 알았으면 좋겠다고 생각하는 것을 찾아보렴. 네가 잘 알고, 사랑하는 것을 다른 사람과 나눈다는 것은 매우 기쁜 일이란다. 글쓰기가 막히면 다른 사람의 글을 필사하기도 하고, 다른 사람이 쓴 책도 읽어보는 거야. 다른 사람의 글을 보면서 내 글을 쓰고, 또 생각해 보고, 다시 글을 쓰는 거야.

네가 즐거운 마음으로 책을 쓴다면 작가라는 부캐와 강사 혹은 전문가라는 이름도 덩달아 따라올지도 몰라. 물론 그렇지 않을 수도 있어. 그래도 괜찮단다. 네 이름 석 자가 새겨진 책 하나 갖고 싶다는 소망을 이루었으니 얼마나 기쁘겠니.

술과 스마트폰은
내려놓아라

이제 너는 10대 때와는 다른 삶을 살게 될 거야. 10대에는 학교나 부모님의 통제가 있었지만, 그 역할을 이젠 너 스스로 해야 해. 스스로 계획하고 조절하지 않으면 시간을 낭비하는 경우가 많단다.

그동안 공부하느라 고생했다며 간섭하는 일도 줄어들 거야. 자율성을 갖고 생활하는 시간이 늘어나겠지. 학교뿐 아니라 학원 공부까지 하느라 수고했으니 조금 더 편안하게 지내라는 부모의 배려라고 할 수 있어.

대학에 입학하면 더 많은 시간이 주어진단다. 고등학교까지만 해도 1교시부터 7교시까지 꽉 짜진 시간표가 있어서 네 의지와 상관없이 50분 수업하고 10분 쉬게 되잖니. 그러나 대학은 너 스스로 수업 시간을 짤 수 있지. 9시부터 시작하는 수업이 있고, 또 어느 요일은 오후에만 수업이 연속으로 있을 수도 있어. 전날 친구들과 밤새 술을 마시거나 영화 보느라 늦게 잠들면 다음 날 9시 수업에 맞춰서 출석하기가 쉽지 않겠지. 강의 하나 듣고 나면 2~3시간 수업이 없을 때도 있어. 친구들과 공강 시간을 메꾸기 위해 교정을 이리저리 헤매거나 동아리방을 기웃거리기도 할 거야. 학교 매점이나 카페에서 수다를 떨다가 하루가 훌쩍 지나가버릴 수도 있겠지.

올해는 비대면 수업으로 집에서 시간을 보내게 되니 여유가 좀 더 있을 거야. 많아진 시간을 어떻게 보내느냐에 따라서 너의 10년 후가 달라질 수 있단다. 자유가 주어졌을 땐 그 시간을 어떻게 보내는지가 중요해. 지금은 시간을 잘 관리하는 지혜가 필요하단다.

며칠 전 한강공원에서 자전거를 타고 집으로 돌아오는 길에 청담동을 지나오게 되었단다. 큰 대로변 옆에 20대로 보이는 사람들이 많이 모여 있더구나. 삼삼오오 짝을 지은 무리가 50여 명은 되었어. '오전 11시인데 웬 젊은이들이 이렇게 많이 모여 있지? 물건을 사려고 줄 서서 기다리나? 아니면 드라마 촬영이라도 있는 건가?'라고 생각하며 자전거를 끌고 갔단다. 그런데 가까이 갈수록 깜짝 놀랄 수밖에 없었어. 비틀거리면서 제대로 몸을 가누지 못하는 사람이 한둘이 아니었거든. 밤을 꼴딱 새운 얼굴들이었단다. 코로나 시국에도 밤새울 수 있는 클럽이나 술집이 있는 걸까 의문스러웠지.

20대 때 엄마는 술을 마시는 게 낭만이라고 생각했어. 사회 이슈에 대해 고민을 나누고 술잔을 부딪치는 일이 젊은이들의 특권이라고 여겼지. 친구들과 밤새워 술을 마시고, 이야기를 나누는 것은 노는 게 아닌 열정이라고 생각했거든. 요즘은 술을 억지로 권하는 문화가 사라지고 있으니 정말 다행이다. 술은 자신이 즐길 수 있는 정도만 마시는 게 좋은 것 같아.

술은 에탄올을 음료화한 거야. 진정제 역할을 하는 거지. 마리화나나 아편, 모르핀이나 헤로인 같은 약품도 진정제에 속해. 진정제는 의존성과 중독성을 지녔기 때문에 주의할 필요가 있어. 술을 마시게 되면 환각효과와 함께 기분이 상승하는 걸 체감하기도 해. 맛과 향을 제대로 즐길 수 있다면 생활에 활력소가 되고, 삶의 재충전까지 이룰 수 있겠지만, 과도하게 마시면 말이 꼬이고 몸의 균형을 잡기 힘들어져. 사람이나 상황에 대한 인식이 어려워지면서 위험에 처할 수 있단다. '술 먹고 자고 일어나 보니, 현관 앞이었다'라는 식의 말들을 너도 많이 들어보았겠지. 술 먹고 부리는 객기는 그저 한 번 웃어넘길 수 있는 헤프닝이 아니란다. 음주는 낭만이 아니라 절제해야 하는 대상이라는 걸 기억해주렴.

코로나로 친구를 많이 만나지 못하다 보니 술보다 더 많은 시간을 할애하는 건 휴대폰이 아닐까 싶어. 스마트폰으로 발전하면서 그 기능도 폭발적으로 향상되었지. 현대인들에게 스마트폰이란 자신의 신체 일부나 마찬가지라고 할 정도니까. 대학생뿐만 아니라 초등학생부터 성인에 이르기까지 모두에게 없어서 안 되는 물건이 되어버렸어. 코로나를 겪으면서 스마트폰 사용량도 더 많아졌겠지.

스마트폰이 가져다준 이로움은 헤아릴 수 없을 정도로 많아. 알람, 계산기, 번역기 등 간단한 것부터 언제 어디서든 누군가에게 연락하는 건 기본, 모르는 걸 찾아보고, 물건을 사고 팔고, 은행이나 증권 업무도 스마트폰으로 해결하지. 책도 읽고, 음악도 듣고, 영화나 드라마도 볼 수 있어. 강의를 듣는 것, 친구를 사귀는 일까지 가능하니 스마트폰을 하지 않으면 사람들과 소통하기도 어려울 거야.

요즘은 식당이나 기관에 출입할 때도 스마트폰으로 QR체크인을 하잖아. 코로나 확진자를 확인하고 동선을 파악하는 일도 스마트폰으로 해. 코로나 방역에 스마트폰이 지대한 공헌을 했다고 할 수 있을 정도야. 이제 우리에게 스마트폰은 너무나 당연한 필수품이 되어버렸어.

그래도 중요한 순간에는 스마트폰을 내려놓을 수 있으면 좋겠구나. 스마트폰이라는 도구를 도움이 되는 쪽으로 활용할 수 있었으면 해. 스마트폰 관리를 어떻게 하느냐가 너의 대학생활을 좌우할지도 몰라. 대학생활뿐만 아니라 네 삶에도 영향을 미치게 되지. 엄마가 스마트폰을 얼마나 쓰는지 앱을 다운로드해서 확인해봤거든. 하루 3시간은 아주 짧게 사용한 거고, 하루 10시간 이상 사용하는 날도 있더구나. 유튜브 영상 몇 편이랑 인터넷 기사 몇 개 보는 게 전부인데 시간이 훅 지나가더라. 드라마나 영화는 중간에 끊기도 힘들잖아. 그렇게 하루종일 스마트폰만 쥐고 하루하루 계획한 일은 하지도 못한 채 쌓여만 가더구나. 매일 가던 운동도 안 가고, 집안 정리정돈도 안 하고, 밥 챙겨 먹을 생각을 안 하는 날도 있어. 친구와 카페에 마주 앉아서도 스마트폰을 내려놓지 않았단다. 어쩌면 요즘은 자연스러운 풍경일지도 모르지. 너도 나처럼 스마트폰을 들여다보느라 숙제를 놓치거나 중요한 수업을 제대로 듣지 못한 경험이 있을 거야. 친구와 마주 앉아서 스마트폰만 들여다보느라 정작 해야 할 이야기를 나누지 못했던 경험도 있겠지.

네 의지가 부족해서 스마트폰을 내려놓지 못하는 것이 아니라 스마트폰이 요상한 물건이라서 네 마음과 정신을 온통 빼앗아 가는 거란다. 필요할 때는 사용해야 하지만, 스마트폰이 네 정신과 시간을 갉아먹기 전에 손에서 내려놓는 연습을 하자. 가끔은 스마트폰을 가방에 넣어두렴. 스마트폰 없는 날을 정해서 하루를 살아보는 것도 좋겠구나. 스마트폰을 내려놓고 정신세계를 풍요롭게 하는 일을 찾아보렴.

　네 손에서 술과 스마트폰을 내려놓는 순간, 너는 삶의 깊이와 여유를 더 느낄 수 있을 거야. 네 마음을 따뜻하게 할 수 있는 것을 찾고, 좀 더 여유롭게 즐길 수 있는 것을 찾아가게 돼. 네 삶이 좀 더 넉넉하고 풍요로워지는 무엇인가가 주변에 있다는 것을 알게 될 거야. 네 안에 있는 무한한 잠재적 능력을 발견할 수도 있을 거고.

　술과 스마트폰을 내려놓으면 또 다른 세상이 존재한단다. 책을 보거나 운동을 할 수도 있고, 악기를 배울 수도 있고, 시를 외울 수도 있어. 새소리를 들으며 공원을 산책할 수도 있고, 들판의 꽃과 풀 내음을 맡을 수도 있단다. 네 삶이 좀 더 풍요롭고 윤택하게 변할 수 있기를 바란다.

가슴 뛰는 일을
선택하라

『행복한 청소부』에 나오는 주인공은 청소부 아저씨야. 파란색 작업복과 고무장화, 파란색 자전거를 타고 독일의 유명한 거리의 표지판을 닦는 일을 한단다. 아저씨는 자기 일을 사랑했고, 다른 어떤 일과도 바꾸고 싶어 하지 않았어. 자기 일에 대한 자부심을 느끼며 살았단다.

어느 날 아저씨는 동네 꼬마보다도 그 거리에 대해 아는 것이 없다는 걸 알게 돼. 그날 이후 음악가와 작가에 대해서 공부하기 시작한단다. 연주회도 가고 노래도 외우고, 작가의 책도 읽고 시도 외우면서 말이야. 그 후 아저씨는 음악가의 노래를 부르거나 작가의 글을 외우며 청소를 했단다. 그랬더니 사람들이 아저씨 주변에 몰려들기 시작했지. 아저씨는 날이 갈수록 유명해졌어. 텔레비전에도 나오고 나중에는 교수 자리를 제안받았어. 하지만 자기 일이 가장 좋다면서 제안을 거절했단다. 아저씨는 굴뚝 청소하는 일에서 행복을 느꼈던 거야.

　많은 사람들은 자신이 하고 싶은 일을 현실과 타협하면서 살아가. 그게 꼭 나쁘다는 건 아니야. 엄마도 그렇게 살아왔고, 때로는 그것이 최선일 때도 있으니까. 하지만 후회가 적은 삶, 행복한 삶을 살고 싶다면 자신이 하고 싶은 일을 하면서 사는 것이 좋을 거야. 인생의 반절을 일터에서 보내는데, 하고 싶은 일을 하면서 산다면 얼마나 좋겠니.

　엄마는 초등학교 때, 운동선수가 꿈이었어. 학교 끝나면 매일 철봉에 매달려 놀았어. 노는 것을 좋아했을 뿐만 아니라 운동도 제법 잘했단다. 좋아하기도 하고 잘하는 것을 꿈으로 갖는 게 자연스러운 일이었지. 학년이 올라가면서는 운동선수 대신 검사나 판사가 되고 싶었지. 착한 사람은 잘살 수 있게 하고, 나쁜 사람에겐 벌을 주고 싶었단다. 중학교 때는 판사와 과학자가 되는 꿈을 같이 꾸곤 했어. 공부 잘하는 사람은 법조계로 많이 입문하던 시절이있는데, 존경하던 선생님이 '우리나라가 발전하려면 과학자가 많아야 된다'라고 말씀하셨거든. 그래서 과학자가 되어서 우리나라 발전에 이바지하고 싶었어.

간호사가 되어야겠다고 생각한 계기는 내 아버지, 그러니까 네 할아버지 일이 계기가 되었어. 고등학교 3학년이 되기 전 아버지가 뇌졸중으로 쓰러지셨어. 시골에 계신 아버지를 찾아뵈었을 때 좌측 얼굴에 마비가 와서 말씀이 어눌하고, 침이 자꾸 흘러나오는 거야. 좌측 팔다리 감각이 무디고, 걸을 때 좌측 팔이 불수의적으로 흔들렸고, 좌측 다리도 절뚝거리시더라. 그런 아버지의 모습을 보면서 나는 한마디도 건네지 못했단다. 고등학생이 아픈 아버지에게 뭘 할 수 있었겠느냐마는 아무것도 할 수 없던 나 자신이 부끄러웠단다. 그때 '간호사가 되면 아버지에게 도움이 되겠구나'라고 생각했어. 마침 언니와 오빠가 간호학과는 취업도 잘 된다며 권하기도 해서 처음으로 고민해 본 거지.

대학교 4학년 때는 사회 진출을 앞두고 진로를 어떻게 할지 선택하게 된단다. 간호사가 되려면 국가고시를 치르고 간호사 면허증을 취득해야 취업을 할 수 있어. 서울에 있는 대형병원에 들어가기 위해서는 토익과 전공과목, 임상 실습 시험을 함께 준비해야 해. 4학년 중반부터는 취업을 확정 짓는 친구들이 생겨나기 시작하거든. 과 사무실에서는 신규채용 공고를 알려오고, 학생들은 자신의 진로에 맞춰 취업을 준비하지. 우리 과 학생 60~70%가 대형병원으로 취업했고, 몇몇 학생들은 학교와 보건진료소 등에 취업했단다. 엄마는 본교 대학병원으로 진로를 정했어. 적성보다는 내가 하고 싶은 일, 중요하다고 생각하는 일을 우선순위로 정한 거야. 간호학과를 졸업하고 간호사가 되는 것은 자연스러운 과정이었지만, 엄마에겐 대학병원에 들어가서 하고 싶은 일이 있었거든.

귀족 가문의 반대를 무릅쓰고 간호사가 되었던 플로렌스 나이팅게일을 기억하지? 나이팅게일은 간호사가 되어 크림 전쟁에 참여해 고통받는 부상병을 돌봤단다. 관료주의에 물든 군조직을 변화시켰고, 무질서한 병원의 규율을 세웠어. 위생 상태가 엉망이었던 병원 환경을 개선했고, 간호학교를 개설했지.

나에게 간호사는 직업이었지만, 나의 꿈과 이상을 실현시켜 줄 도구이기도 했어. 간호사라는 직업을 도구 삼아 보건의료운동을 하고 싶었어. 보건의료운동은 1990년대 후반 학생운동을 하던 학생들이 사회에 진출해서 병원노동조합을 건설하고, 노조를 중심으로 한 사회활동을 말해. 정부의 신자유주의 정책에 맞서 공공의료서비스를 확대하고 국민의 건강권을 확보하고자 했던 사회변혁운동의 하나였어.

노동자들이 자신의 일터에서 차별받지 않고 당당하게 일할 수 있게, 돈 없는 사람도 치료받을 수 있게 보건의료제도를 만드는 일이었어. 환자의 곁을 지키는 일에서 더 나아가 병원과 사회, 민족의 문제를 고민하는 사회의 일원으로 살고 싶었거든.

이렇게 하고 싶은 일이 많으니 대학병원 간호사가 되는 것만으로도 마음이 설레었지. 밤 근무를 마친 다음 날, 집회며 회의를 쫓아다녀도 힘든 줄 몰랐어. 매일 쉬지 않고 움직여도 즐겁기만 했단다. 누군가 나를 비난하는 일이 있어도 마음에 두지 않았어. 병원에 출근하는 일이 즐겁기만 했단다. 나는 늘 당당했고, 자신감과 활기가 넘쳤으니까.

병원에 노조가 만들어졌고, 노동자들이 목소리를 내기 시작했어. 근로조건과 임금 개선이 조금씩 이루어졌지. 전국병원노동자와 연대하여 의료제도를 개선하는 투쟁도 벌였어. 나아가 나라의 민주화를 이루는 일에도 앞장섰단다. 개인의 노력이 모여 사회가 발전하고 세상이 바뀌는 것을 눈으로 직접 확인한다는 건 가슴 벅찬 일이었단다.

대학교 2학년 때 일이야. 5일 정도 자취방에 들어가지 않은 적이 있었어. 간호학과 학생 전체가 학교에서 농성을 했거든. 어느 날 네 할아버지가 학교로 찾아오셨어. 안타까운 눈길로 나를 보시면서 "계란으로 바위 치기다."라고 말씀하시는 거야. 힘없는 우리가 아무리 외쳐봐야 소용없다는 말씀이었지. 그때 엄마는 속으로 대답했단다.

'아버지! 언젠가는 낙숫물에 바위가 깨집니다. 두고 보세요.'

언제까지 부모의 시각으로 세상을 볼 순 없잖니. 부모님은 부모님 세대에 맞는 인생을 사신 거고, 나는 내 시대에 맞는 인생을 살아가는 거니까.

내가 하고 싶은 일, 내 가슴을 뛰게 하는 일은 누가 뭐라 해도 도전해보길 바라. 서툴러도 괜찮고, 잘 몰라도 괜찮아. 부족해도 괜찮고, 실패해도 괜찮단다. 늘 곧은 길로만 걸어갈 수는 없잖니. 길이 없으면 길을 만들면 되고, 진흙탕 길은 수렁에 빠져가면서도 걸어가면 된단다. 가끔은 돌부리에 걸려 넘어지기도 하고, 구불구불한 길은 굽이쳐 돌아가기도 하고, 길이 아닌 곳으로 들어섰다가 헤매기도 하면서 찾아가면 된단다. 지금이 아니면 언제 하겠니. 그러니 20대인 너는 자다가 벌떡 일어날 정도로 네 가슴을 뛰게 하는 일, 네 심장이 시키는 일을 했으면 좋겠다.

요즘도 몇몇 학과를 제외하고는 취업난이 심각한 편이라 대학생들의 고민이 많다고 하더구나. 취업 재수·삼수생이 있을 정도로 취업이 어려워졌다고 한다. 대안이 없는 경우 휴학을 하거나, 교환학생으로 해외에 나가기도 하고, 대학을 졸업하고 다시 재입학을 하는 사람도 있다고 하더라. 대학교 1학년 때부터 공무원 시험공부를 시작하는 사람도 많다고 들었어. 자신의 관심이나 적성은 묻지도 따지지도 않고 학교 간판만 보고 대학에 입학했다가 딴 우물만 파는 일도 많다고 하더구나. 안타까운 일이지만 현실이기도 하단다. 대학이나 학과는 어떤 마음으로 들어갔는지 모르겠지만, 진로

만큼은 가슴이 뛰는 일을 했으면 좋겠어.

진로에서 처음부터 현실적인 타협을 해버리면 끝도 없이 타협하게 된다. 좋은 근무환경, 높은 연봉, 근무조건, 직업적 안정성만 우선순위로 두고 정작 네 관심사나 적성을 간과하면 나중에 후회하는 일이 생기게 된단다. 조건만 보고 선택하면 쉽게 지치거든. 그래서 조금만 힘들면 그만둘 생각부터 하게 되는 거야. 좋아하는 일을 해도 퇴사의 유혹을 버티기 힘든데, 관심 없는 일이면 오죽하겠니. 책임과 의무만으로 각박한 사회생활을 버텨내기란 여간 어려운 게 아니란다. 그러니 네 관심과 적성에 맞는 것을 찾고, 나아가 네 가슴이 뛰게 하는 일을 선택했으면 좋겠다. 근무조건이 조금 좋지 않고, 조금 낮은 연봉에 덜 안정적일지라도 네가 좋아하는 일을 선택했으면 좋겠구나. 한번 선택한 진로는 짧아도 보통은 3~4년, 길게는 20~30년 동안 일하게 되니 선택을 신중하게 했으면 좋겠어. 인생을 오래도록 행복하게 살고자 한다면 시작은 네가 좋아하는 일이었으면 해.

네가 좋아하는 일에 집중하고, 좋아하는 일로 밤잠을 설치는 것이 얼마나 즐거운 일이니. 네가 좋아하는 일로 세상이 바뀌고, 다른 사람을 행복하게 하며, 사회발전에 이바지한다면 정말 기쁜 일이지. 자기 일을 사랑하고, 평생 자신이 좋아하는 일을 하면서 산다는 것은 정말 행복한 일이거든. 네 가슴을 뛰게 하는 일을 한다는 건 행복 티켓을 거머쥔 것이나 마찬가지란다. 행복한 청소부처럼 누가 뭐라 해도 흔들리지 않을 너의 길을 갈 수 있다면 정말 행복할 거야.

직장은 꿈을
담아내는 그릇이다

"선생님은 왜 직장에 다녀요?"

병원에서 근무하던 어느 날, 20대 후배 간호사에게 물었어. 늘 얼굴에 짜증이 많고, 어쩔 수 없이 일하는 것처럼 보였거든.

"돈 벌려고 하죠. 저는 밤 근무도 돈 벌려고 하는 거예요. 하기 싫고 힘들어도 참아가면서 일해요. 돈 이외에 아무 의미가 없어요." 라고 대답하더라. 그녀에겐 직장생활이 오로지 돈을 벌기 위한 수단이었던 거야.

"간호사로서 일하는 것이 오로지 돈을 벌려는 목적만 있는 걸까요? 다른 이유나 가치는 없는 걸까요?" 하고 다시 물었어. 그녀가 고개를 갸우뚱하면서 질문을 이해할 수 없다는 표정을 짓더라. 후배 간호사는 지방에서 서울로 올라와서 부모님 도움 없이 생활하고 있었어. 자취방 월세 내고, 저축하고 나면 생활비로 쓸 돈이 빠듯했대. 휴가를 내서 조금 쉬고 싶어도 쉴 수가 없대. 힘든 밤 근무를 한 번이라도 더 해야 월급이 조금이라도 더 나오니 어쩔 수 없다고 하더구나. 3교대 근무를 벗어나고 싶어도 퇴사를 할 수 없는 처지라고 했지. 직장생활의 고단함이 묻어나는 답변이었어. 어떤 이들에겐 직장생활이 돈을 벌기 위한 수단으로만 느껴질 수 있겠다는 생각이 들더구나.

미국의 교육학자 로버트 하비거스트(Robert James Havighurst)에 의하면 인간에겐 출생부터 노년까지 6단계의 주요 과정이 존재한대. 출생부터 6세까지의 유아기, 6~13세까지의 아동기, 13~18세까지의 청소년기, 19~30세까지의 청년기, 30~60세까지의 장년기, 60세 이후의 노년기로 구분되는 거야. 하비거스트는 주요 6단계의 발달과정에 근거해서 모든 인간이 주요 발달과업을 가지는 거라고 주장했어. 19~30세 청년기 주요 발달과업은 철학적 관점이나 개인의 가치관을 발달시켜서 직업을 선택하는 일이란다. 그 시기가 조금씩 늦춰지고는 있지만 20대의 주요 과업 중에 하나가 직업을 탐색하고, 직장생활을 시작하며 경제적인 독립을 이루는 것이라고 할 수 있겠지.

엄마가 대학을 졸업할 때만 해도 직장을 갖는다는 것은 회사나 공공기관에 속하는 일이었단다. 요즘처럼 창업하거나 자신이 잘하고 좋아하는 특기를 살려 가게를 차릴 생각은 하지 못했어. 요즘은 재능만 있다면 다양한 길이 열려 있는 것 같아. 꼭 누구 밑에 들어가 노동자로만 살아갈 필요는 없잖아. 월급에 얽매이고, 고용주에게 지시를 받아가며 직장생활을 하는 것보다 당당하게 사장으로 살아가는 것도 멋진 일이란다.

마이크로소프트 설립자인 빌 게이츠는 하버드 대학교를 자퇴하고 폴 앨런과 함께 마이크로소프트를 공동 창립했고, 애플의 스티브 잡스도 대학 중퇴 후 창업을 했지. 우리나라에서는 '한글과 컴퓨터' 창업주 이찬진, '넥슨'을 창업하고 '바람의 나라' 게임을 개발한 송재경, 온라인 예매 사이트 '티켓링크'를 개발한 우성화도 20대에 창업을 했단다. 이외에도 젊은 나이에 창업을 성공적으로 이룬 사람들이 많아. 이들은 모두 넘치는 아이디어와 자신의 꿈을 실현하고 싶은 열망으로 창업을 이루어낸 것이겠지. 요즘은 1인 창업자도 아주 많단다. 꽃가게를 열거나 카페를 차리기도 하고, 학원이나 책방을 여는 사람도 있어. 자기의 일터를 자기 스스로 만드는 거야. 내 꿈을 담을 그릇은 내가 만드는 세상인 거지.

국어사전에 '직업'을 찾아보면 '생계를 유지하기 위하여 자신의 적성과 능력에 따라 일정한 기간 계속하여 종사하는 일. 누군가의 도움 없이 먹고살려면 누구든 직업을 가져야 한다'라고 나와 있어. 헌법 제15조에는 '모든 국민은 직업선택의 자유를 가진다'고 규정해서 직업의 자유를 국민의 기본권 중 하나로 보장하고 있지. 국민의 기본권인 직업은 '생활의 기본적 수요를 충족시키기 위한 계속적 소득 활동을 의미하는 것'이란다.

우리 부모님 세대는 먹고살기 위해 돈이 되는 일이라면 무엇이든지 해야 했으니 자신의 꿈이나 적성은 묻지도 따지지도 않았지. 오로지 돈을 버는 것, 먹고사는 것이 목표였던 시대였기 때문에 다른 생각을 할 수 없었던 세대란다.

오로지 돈벌이 수단이었던 부모님 세대에도 직업은 돈벌이 수단 이외에 더 많은 가치를 가지고 있었어. 자신이 번 돈으로 가족의 생계를 유지했고, 동생들이 공부할 수 있었으며, 셋방살이를 면할 수도 있었지. 비록 돈을 위해 일하고 있을지라도, 점차 눈에 보이는 성과가 쌓여간 거지. 게다가 부모님 세대가 일군 오늘날 눈부신 경제 발전은 일의 가치를 충분히 증명하는 것 아니겠니. 부모 세대는 일의 가치를 몸소 체험한 것이라고 할 수 있지.

직업은 사회적 존재로 태어난 인간이 사회로부터 받은 많은 혜택을 다른 사람에게 되돌려주는 보람찬 활동이라고 생각해. 나의 존재 가치를 직업을 통해서 증명해내는 사회적 활동인 거야. 사람은 누구나 직업을 통해서 자아실현을 하고, 사회발전에 이바지하거든. 직업을 통해 사회적 존재로 살아가는 기쁨과 보람을 맛볼 수 있단다.

사람마다 관심과 능력의 차이가 있고, 사회적 역할이 각자 다를 뿐이지 직업에 귀천은 없어. 어떤 사회적 활동도 소중하지 않은 일은 없기 때문이야. 누구나 자기가 좋아하는 일을 하면 좋겠지만 수요가 많고 진입 장벽이 높은 직업이 있는 건 현실이란다. 많은 사람이 선호하는 직업은 그래서 경쟁이 치열하지. 좋아하는 일을 하면서 사회발전에도 기여하고 싶은 건 누구나 같은 마음일 거야. 좋아하는 일을 해야 삶의 가치와 기쁨을 더 느끼기 때문이란다.

직업이 자신의 사회적 가치를 실현하는 도구라면, 직장은 자신의 꿈을 담아내는 그릇이란다. 그러니 직장을 갖는다는 것은 자신의 꿈을 실현하는 출발점이라고 할 수 있어. 그릇 없이 물을 담을 수 없듯 일할 직장이 없이 자기 꿈을 실현하기란 어렵단다. 모두가 자기 그릇을 만들 수도 없으니 이미 만들어진 그릇을 사용할 수도 있겠지. 창업하는 사람도 있지만, 이미 누군가 만들어 놓은 회사에 들어가기도 하는 것처럼. 지금은 해외에 취업할 기회가 줄어들었지만, 코로나가 잠잠해지면 해외 취업도 많아질 거라 생각해.

한 취업정보사이트에서 2019년에 눈여겨볼 만한 조사를 했어. 기업 576곳 중 신입사원의 48%는 1년 이내에 퇴사를 했다는 거야. 2명 중 1명은 1년 내에 이직을 하거나 퇴사를 하는 셈이지. 꿈의 직장에 들어가기 위해 학력과 학점을 쌓고, 자격증을 취득하고, 외국어 능력을 키워서 스펙을 쌓았는데 입사하고 1년 이내에 퇴사를 결심하는 사람이 많다는 거야.

앞에서 언급했던 후배 이야기로 돌아가 볼까. 직장은 오로지 돈만을 위한 곳은 아니란다. 돈을 벌어서 느끼는 기쁨이 다른 어떤 가치보다 크게 느껴져서일 수도 있고, 직장생활이 힘들어서 자신이 사회에 기여하고 있다는 자각을 하지 못하는 것일 수도 있어. 고단함에 자신이 보람을 느끼지 못하고 있는 거야. 조금만 깊이 생각해 보면 우리는 직업과 직장을 통해 꿈을 실현하고 가치를 드높이고 있다는 것을 알 수 있단다. 직업과 직장을 통해 자신이 살아가는 사회적 의미를 느끼고 역할을 해내고 있는 거야. 꿈을 실현하는 도구가 직업이고, 꿈을 현실로 만드는 곳이 직장이란다. 삶이 아무리 버겁고 힘들다 해도 직장생활의 의미를 폄하해서는 안 돼. 오로지 돈이 목적인 직장은 결코 좋은 직장이 아니란다. 직업과 직장은 네 꿈을 담는 그릇이어야 한다는 걸 기억하렴.

제 2장

인간관계에
서툰 너에게

인간관계는
누구나 서툴다

　　　　　　　　　　　　　어릴 때 엄마는 어른이 되고 싶
었어. 어른이 되면 새로운 세상이 열릴 것 같았거든. 무엇보다 누
군가에게 얽매이지 않은 삶을 살 수 있을 것 같았거든. 엄마는 누
구의 눈치도 보지 않는 자유로운 삶을 살고 싶었어. 빨리 어른이
되어 돈도 벌고, 부모님으로부터 떠나고 싶었지. 경제적 지원이나
먹고사는 문제 때문에 부모님께 손을 벌리고 싶지 않았거든. 돈 때
문에 어머니가 힘들어하고, 돈 때문에 어머니로부터 잔소리를 듣
고 싶지도 않았단다.

　빨리 어른이 되고 싶었던 또 하나의 이유는 사람들로부터 어른
대접을 받고 싶기 때문이었던 것 같아. 사람들과의 관계에서 존중
받아 가면서, 어른스럽게 말하고 행동하고 싶었단다. 거절도 세련

되게 할 줄 알고, 불편한 마음도 정중하게 표현할 줄 알며, 다툼이나 갈등에 대해서는 좀 더 너그럽게 행동하고 싶었어. 빨리 어른이 되어 대화도 매끄럽게 잘하고, 다른 사람도 더 잘 이해하면서 좋은 인간관계를 맺고 싶었거든. 나이를 먹으면 관계 맺기가 저절로 잘 될 줄 알았단다. 스무 살이 된 너는 스스로에게 어떤 기대를 갖고 있니?

이제 막 스물이 되었는데 누군가 어서 빨리 성숙해지라고 너에게 압력을 가할 수도 있어. 혹은 사람들과의 관계가 꼬이고, 다툼과 갈등으로 힘들 수도 있을 거야. 그렇다면, 스물이 한참 지난 나의 이야기를 들으면서 조금이라도 위안 삼아보면 좋겠구나.

지금은 초등학교 친구들을 만나면 추억거리라며 이야기를 나누지만, 엄마가 초등학생 때 짝꿍이랑 책상을 반으로 나누다가 다투었던 적이 있어. 요즘은 한 명당 하나의 책상을 쓰지만, 옛날에는 두 사람이 하나의 긴 책상을 썼단다. 그러니 서로 조금이라도 넓은 자리를 차지해 보겠다고, 책상 한가운데에 선을 그어놓고 넘어오는 친구의 물건을 가져가거나 던져버리기도 했지. 친구와 사이좋게 잘 지내다가도 사소한 일로 싸워서 토라지기도 했단다. 그렇게 몇 날 며칠을 말없이 지내기도 했고 화해할 방법을 몰라 눈치만 보거나 주위를 맴돌기도 했지.

중학교 때는 짝꿍이 숙제 좀 보여 달라고 했는데, 보여주기 싫어서 퉁명스럽게 말하고 말았단다. 그랬더니 친구가 담임 선생님께 일러바쳐서 나만 혼나게 되었지. 그 뒤로 꽤 오랫동안 그 친구와 말 한마디 나누지 않았던 기억이 있어.

고등학교 때는 담임 선생님이 반 친구들을 차별해서 선생님을 무척 싫어했단다. 반 친구들과 선생님의 별명을 짓고, 노래를 개사해서 부르기도 하고 선생님 없는 곳에서 뒷담화도 했지. 엄마가 자랄 때는 어른들한테 당당하게 자신의 의견을 표현하지 못했어. 무조건 어른을 공경해야 한다고 배웠거든. 그러니 선생님께 불만이 있어도 뒤에서만 불평불만을 늘어놓고, 정작 선생님 앞에서는 한마디도 못 했던 거지.

그런데 집에만 가면 어머니에게 큰 소리를 내면서 대꾸하기 일쑤였어. 어머니가 나를 조금만 뭐라 해도 버럭 화를 냈단다. 화를 참지 못하고 짜증을 부리거나 물건을 던지기도 했어. 밖에 나가면 한마디도 못 하면서 어머니에게는 함부로 행동했던 거지.

유년 시절의 갈등이 성인이 되면 절로 해결되는 줄 알았단다. 그래서 빨리 어른이 되고 싶었어. 그렇게 기대하던 스무 살이 되었는데, 성인이 되어서도 사람들과 관계를 맺는 건 쉽지 않더구나. 어느 날 갑자기 소원해지는 친구를 보면서 한마디 말도 하지 못했고, 선생님이나 교수님 혹은 어른들께 내 의견을 정확하게 전달하지 못했단다. 고집만 더 세져서 어머니한테 버럭 화내는 일이 많았지.

사람들과 관계 맺기는 한참 어른이 된 지금도 쉽지 않단다. 여전히 서툰 것 같구나. 조금 더 세련되게 말하고, 조금 더 품위 있게 행동하고 싶은데 나이를 먹어도 나아지는 게 없는 인간관계 때문에 힘들기도 하고, 뒤늦게 후회하기도 한단다.

너의 인간관계는 어땠었니? 잠깐 네 과거로 돌아가 보자꾸나. 초등학교 때, 중학교 때, 고등학교 때의 네 모습을 한번 되돌아보렴. 새 학기가 될 때마다 기대와 다르게 친구 사귀기는 늘 힘들어했지. 초등학교, 중학교 때는 짓궂은 남학생 때문에 울기도 했고, 너와 친한 친구가 네 뒤에서 흉을 보기도 해서 많이 힘들어했고 말이야. 너는 한 학기를 보내고 난 후에야 몇 명의 친구와 친하게 지내는 것 같더라. 가끔은 가까이 지내던 친구와의 갈등으로 힘들어하는 너를 보기도 했어. 친구와 자주 어울린다고 꼭 친한 것도 아니고, 관계를 잘 맺고 있는 것처럼 보여도 그렇지 않을 수 있지.

스무 살 짧은 인생이지만, 이미 너는 인간관계가 쉽지 않다는 걸 경험했을 거야. 성인이 되었다고 해서 특별히 달라지는 건 아니야. 사람과의 관계가 좀 더 복잡해질 뿐이란다. 그동안은 학교 친구나 반 친구가 전부였다면, 이제는 선배와 후배뿐 아니라 학교 동문과 동창도 생기게 되고, 모임도 예전보다 많아질 거야. 학창시절에는 선생님, 교수님이 있고, 직장을 다니거나 아르바이트를 하게 되면 사장이나 상사가 생길 수 있겠지. 더 넓은 인간관계를 맺게 될 거야.

처음에는 낯선 환경에 힘들 수도 있어. 때로는 과거의 힘들었던 기억으로 사람들에게 다가가는 것이 두려울 수도 있을 거야. 걱정하지 않아도 된단다. 누구나 새로운 환경은 힘들고, 아무리 나이를 먹어도 관계를 잘 맺기란 쉽지 않단다. 젊었을 때보다 나이를 먹을수록 아집이 늘고 시야가 좁아져서 인간관계가 퇴보할 수도 있거든.

하물며 이제 막 청소년기를 지난 스무 살에게 인간관계를 잘 맺는 것이 결코 쉬운 일은 아닐 거야. 삶의 경험이나 사람을 많이 접해보지 못한 스무 살에게 성숙한 인간관계를 맺으라고 하는 것도 지나친 부담이란다. 많은 다양한 사람들을 자주 경험하는 어른들도 아동기나 청소년기에 비해 훨씬 어른스럽게 관계 맺기를 잘할 것 같지만 꼭 그렇지만도 않단다. 여전히 어릴 때 잘못을 똑같이 반복하거나 이미 경험했던 갈등을 되풀이하며 살아가거든.

공부는 하면 할수록 머릿속에 지식이 쌓이고, 기술이나 운동은 익힐수록 숙련되는데, 사람 관계는 좀처럼 느는 것이 없단다. 대학 졸업장을 따고, 석·박사 학위를 받고, 장관이 되고 대통령이 되고, 부모가 되고 할아버지·할머니가 되어도 사람과의 관계는 늘 쉽지 않아. 아무리 사회 경험을 많이 쌓아도 힘든 것이 인간관계야.

인간관계가 힘들기는 하지만 어떤 인간관계를 형성하느냐에 따라 행복이 결정되기도 한단다. 행복에 관해 연구한 자료를 보면, 성격과 같은 유전적인 영향이 50%, 돈이나 학력처럼 환경적인 영향은 10%, 좋은 사람을 사귀는 일과 같이 내가 노력할 수 있는 요소는 40% 정도가 행복을 결정한다고 하는구나.

죽음을 앞두고 가장 후회되는 일은 무엇인지 물었을 때 많은 이들이 '사람'에 대해 말했단다. '사랑하는 가족과 더 많은 추억을 쌓을 걸', '그때 그 사람에게 모질게 대하지 말 걸', '아내와 여행이라도 다녀올 걸', '일만 하느라 사랑하는 아이들에게 더 다정하게 대하지 못했어' 이처럼 관계에 대한 후회가 가장 많다는 거야. 인간관계가 사람에게 얼마나 중요한지 보여주는 것 아닐까?

인간관계에 갈등이 없으면 좋겠지만 늘 갈등이 없는 관계 맺기란 쉽지 않단다. 사람은 서로 다른 환경에서 자랐고, 서로 다른 생각과 경험을 갖기 때문이야. 아무리 가깝게 지내고 비슷한 생각을 가진 사람이라도 이견이 있을 수밖에 없단다. 그래서 우리는 사람들과 갈등을 겪으면서 살 수밖에 없는 거야. 가끔은 내 문제가 아닌 상대방의 문제일 수도 있단다. 그러니 너무 자신을 탓하지 않았으면 좋겠어.

엄마도 결혼을 하고 아이를 낳아 기른 지금까지도 여전히 관계 맺기가 서툴단다. 혹시 내가 실수를 하는 것은 아닌지, 나의 서투름이 들키지는 않을지 걱정하기도 해. 관계 맺기가 서툴다는 것은 누구에게나 어려운 숙제일지도 모르겠다. 단지 살아가면서 조금씩 깨우치고 배워가며, 점점 성숙해 갈 뿐인 거지. 그러니 네가 지금 어떤 사람과의 관계에서 다툼과 갈등이 있다고 해도 너무 걱정하지 않았으면 좋겠구나. 네가 지금 갈등을 겪고 있는 인간관계가 있다면 네 마음을 들여다보고 상대방의 입장도 생각해 보면서 엉킨 실타래를 풀어 가보면 좋겠구나. 나 자신의 인격적인 성장발달을 위해 노력하고, 좋은 인간관계를 맺기 위해 노력하면 된단다. 오늘은 관계 맺기가 서툰 자신을 인정하고 받아들이며 가슴을 활짝 펴고 지내보자. 오늘보다 내일은 조금 나아진 나의 모습을 기대하면서.

친구는 언제나
의미 있는 존재다

얼마 전 허기를 채우려고 들렀던 식당 벽면에 '지란지교를 꿈꾸며'라는 시가 붙어 있었어. 서울살이 10년을 맞이한 나에게도 이런 친구가 있으면 참 좋겠다고 생각하던 때라 무척 반가웠단다. '지란지교를 꿈꾸며'의 시인 유안진은 저녁을 먹고 나면 허물없이 찾아가 차 한잔을 마시고 싶다고 말할 수 있는 친구, 입은 옷을 갈아입지 않고 김치 냄새가 좀 나더라도 흉보지 않을 친구, 비 오는 오후나 눈 내리는 밤에 고무신을 끌고 찾아가도 좋을 친구가 있었으면 좋겠다고 말했어. 엄마에게도 이런 친구가 있었으면 좋겠어.

그런 친구가 있었는데 언젠가부터 그 친구를 잊고 살아가고 있더라. 사춘기 시절부터 결혼 전까지 친구가 전부였던 시절이 있었어. 특히 20대 때 친구는 황금을 주고도 살 수 없을 만큼 소중했단다. 친구는 단순한 친구, 그 이상의 의미를 가졌단다. 나의 모든 고민을 나누고, 꿈과 이상을 함께 찾아갈 동지였으니까. 부모나 형제 없이는 살 수 있어도 친구 없이는 못 살 것 같은 때가 있었지. 하루 24시간을 붙어 다녔고, 모든 일상과 생각을 공유했었어.

엄마와의 시간은 잠시도 내주지 않는 네가 친구 전화에 금방 옷을 걸치고 집을 나서는 걸 보며 서운한 마음이 들 때도 있었지. 그런데 스무 살 때 나를 떠올리니 '그래! 친구가 좋을 때지' 싶더라. 그렇게 혼잣말을 하며 엄마의 과거를 추억해 보곤 한다.

어린 시절 엄마는 노는 것을 무척 좋아했단다. 엄마의 첫 친구는 다섯 살쯤 옆집으로 이사 온 숙이였어. 숙이랑 매일 골목길 어귀 돌담길에서 만나 흙장난을 하거나 들풀을 가지고 놀았어. 엄마가 살던 동네는 열한 가구가 모여 사는 작은 마을이었거든. 나이가 같은 아이들뿐만 아니라, 나보다 어린 동생이나 나이 많은 언니, 오빠들도 다 같이 어울려 노는 친구였단다. 온 동네 고만고만한 아이들이 모두 친구였지. 우리는 소꿉놀이, 공기놀이, 고무줄놀이, 숨바꼭질 등 어린 시절에 할 수 있는 모든 놀이를 했어. 봄에는 아지랑이 피는 들판을 쏘다니며 나물을 캐고, 여름이면 냇가로 나가 멱을 감거나 나무 그늘에 모여 앉아서 공기놀이를 하곤 했지. 가을 해 질 녘,

동네 어귀에 모여서 오징어놀이, 땅따먹기, 숨바꼭질에 해가 넘어가는 줄도 몰랐어. 겨울이면 비료 포대를 깔고 눈썰매를 타거나 물이 얼어붙은 논에서 썰매를 타거나 팽이치기를 했고, 볕이 드는 담벼락에 붙어서 구슬치기나 딱지치기를 했단다. 얼굴은 항상 까맣게 그을렸고, 땟국물이 줄줄 흐를 정도로 먼지를 뒤집어쓰고 살았단다. 동네 친구들과 어울려 놀다 보면 날이 저무는 줄도 몰랐지.

중학교에 가면서 동네를 벗어나 오수 읍내로 진출하게 되었어. 집에서 학교까지 걸어서 한 시간, 자전거로 30분 정도의 거리였지. 통학 시간도 나에게는 즐거운 놀이였어. 그리고 중학교에 올라가면서 학교 공부에 관심을 갖게 되었단다. 자연스럽게 노는 친구들보다 함께 공부할 수 있는 친구를 사귀게 되더구나.

고등학교는 전주로 전학을 오게 되니, 학교에 아는 친구라고는 단 한 명도 없었지. 시골에서 도시로 상경한 나는 잔뜩 기가 죽어 있었어. 초반에는 아주 얌전한 모습으로 학교생활을 시작했는데, 익숙해지니 놀기 좋아하던 모습이 나타나더구나. 학기 초의 어색함이 사라지면서 얼굴도 밝아지고 말도 많아졌고, 나중에는 10여 명의 친구들과 어울려 다녔어. 여럿이 몰려다니면서 늘 즐겁기만 했단다.

고등학생 때 단짝이었던 친구가 있었는데, 우리 둘 다 시골 출신이라 서로 통하는 것이 많았어. 우리는 서로의 자취방을 오가며 밤

새도록 이야기하는 날도 많았지. 또 다른 친구도 있었는데, 교회 성가대에서 활동하면서 소풍 때마다 앞에 나가 노래를 하던 아이였거든. 친구 덕에 양희은, 송창식 노래를 즐겨 들었고, 라디오 프로그램 '이종환의 밤의 디스크쇼'나 '이문세의 별이 빛나는 밤에'를 알게 되었어.

대학교 때는 관심 분야가 같은 친구들과 주로 어울리게 되더구나. 주로 동아리 친구들과 어울려 다녔는데 나처럼 사회문제나 학생운동에 관심 있는 친구들이었어. 스무 살 때 엄마는 동아리나 학생회에서 후배, 선배들과 지내는 시간이 많았어. 간호학과를 넘어 의학과에도 동지라고 할 수 있는 친구들이 많이 있었지. 당시만 해도 간호학과가 의과대학에 소속되어 있어서 학생회를 간호학과와 의학과가 함께 꾸렸거든. 동아리도 두 과가 함께 하는 경우가 많아서 서로 친할 수밖에 없었지. 전공 수업이 다른 것 말고는 차이를 별로 느끼지 못했단다.

스무 살, 나에게 친구는 가족보다 더 가깝게 지내는 사람이었고, 가족에게는 말하지 못하는 고민을 털어놓을 수 있는 상대였어. 가족보다 친구와 보내는 시간이 더 많았고, 가족보다 더 많은 추억을 쌓기도 했지.

학생운동을 한다는 이유로 친구 머리를 빡빡 밀어버린 부모님도 계셨고, 밖에 나가지 못하도록 집에 가둬두거나 사람을 붙여서 감시하는 부모님도 계셨단다. 그리고 부모나 형제에게 매를 맞기도 했어. 그래서 더 서로에게 위로받고, 서로를 보면서 힘을 얻었던 것 같아. 친구는 그 무엇과도 맞바꿀 수 없는 존재였지.

세월이 흐르고 세상도 변한 지금, 당연히 사람도 변했단다. 생각도 바뀌고, 꿈과 이상도 바뀌었지. 생활하는 공간도, 하는 일도 달라졌으니까. 과거에 가까웠던 친구와 멀어지기도 하고, 과거에는 친하지 않았던 친구랑 나이 들고 만나 친해지기도 한단다. 그래도 가끔은 20대를 함께 보낸 친구들이 그립기도 해. 어린 시절과 학창 시절에 함께했던 친구들의 안부가 궁금하기도 하단다. 학창시절의 친구와 즐거웠던 일도, 괴로웠던 일도 모두 추억이 된 거지.

코로나 시대에 20대를 보낸다면 친구 사귀기가 쉽지 않을 수도 있을 거야. 화상으로 대면해서 친구가 된다는 게 아직은 낯설기도 하니까. 언젠가 얼굴을 마주하고 친구와 많은 추억을 쌓을 수 있겠지. 지금은 과거 네 친구 관계를 돌아보고, 지금의 친구와 좋은 관계를 유지하며, 미래의 친구도 그려보면 좋겠구나.

오랫동안 알고 지내면서 좋은 관계를 맺고 있는 친구도 있고, 또 어떤 친구는 상처로 남아 있을 수 있어. 쉽게 가까워지기도 하지만, 사귀는 데 오랜 시간이 필요했던 친구도 있겠지. 가깝게 지내던 친구가 멀어지기도 하고, 멀었던 친구가 가까워지기도 한단다.

너에게도 친구가 가족보다 가까운 피를 나눈 형제 같을 수 있고, 뜻을 같이하는 동지가 될 수도 있을 거야. 어떤 이는 잠시 스치듯 지나가는 사람일 수도 있을 거야. 수많은 친구와 함께 살아갈 너의 시간 속에 아름다운 추억으로 남는 사람이 더 많았으면 좋겠다.

모두에게 좋은 사람일
필요는 없다

어떤 사람을 친구로 사귀고 싶니? 어릴 때 사귀었던 친구를 떠올리는 것만으로도 미소가 지어지는 친구가 있고, 싫어서 얼굴이 찡그려지는 친구가 있을 거야.

유치원에 다닐 때, "○○○가 나랑 안 놀아 줘."라면서 울었던 적이 있지. 또 다른 친구는 너를 자꾸 시기하고 질투해왔다고 했어. "△△△가 자꾸 내 것을 뺏어 가." 하며 뒤늦게 유치원에 들어온 욕심 많은 친구가 너를 거칠게 대한다고 속상해하기도 했지.

초등학교에 입학하고는 너와 잘 맞는 친구를 만나서 행복한 1학년을 보냈단다. 초등학교 4학년 전주에서 서울로 전학 왔을 때는 텃새를 부리는 반 친구들을 만나기도 했지. 하루는 친구가 수업 끝나고 같이 놀자고 했다며 좋아했어. 엄마는 전학 와서 친구를 사귀

게 되는 계기가 될 것 같아 반겼는데, 담임 선생님이 걱정스러워
하시더라.

"아이랑 잘 맞지 않을 텐데요⋯."

알고 보니 그 친구는 반에서 '짱'이 되고 싶은 아이였어. 친구들
을 많이 거느리길 원했지. 너도 성격이 맞지 않는다며 자연히 멀어
졌어. 어떤 아이랑은 죽이 맞아 잘 어울렸다가 학년이 올라가면서
거리가 생기기도 하고, 한때는 서너 명의 친구와 친하게 지내다 서
로 다퉜다고 울기도 했던 네 모습이 아직도 선하구나.

너와 성격이 잘 맞지 않는 친구에게 끌려다니다가 상처만 받는
것 같아 지켜보는 엄마도 속상했단다. 학년이 올라갈 때마다 새로
운 친구를 만들기 위한 너의 노력에 비해 성과를 거두지 못한 것
을 보며 안타깝기도 했어. 네가 친구 때문에 울거나 속상해하면 엄
마도 마음이 아팠단다. 엄마들 모임이라도 자주 나가서 자연스럽
게 너에게 친구를 만들어 주었으면 좋았을 걸, 워킹맘이라 시간을
낼 수도 없었거든.

어떤 엄마들은 직접 나서서 자녀의 친구 관계를 교통정리해 주
기도 했단다. 그런데 엄마는 한 번도 너에게 "저 친구와 사귀지 마
라." 혹은 "저 친구와는 친하게 지내라."라고 말하지 않았지. 네가
좋은 친구를 사귀는 데 반드시 엄마의 도움이 필요한 건 아니라고
생각했어. 아이 스스로 친구와의 다툼이나 갈등을 겪으면서 친구

사귀는 법을 배우는 거지. 너도 경험해 봐야 좋은 친구, 나쁜 친구를 구별하는 방법을 배울 수 있다고 여겼어. 언젠가는 너도 너와 잘 맞는 친구를 자연스럽게 만날 거라 믿기도 했고.

　한동안 친구 사귀는 것을 꽤 힘들어했지? 엄마가 생각하기에 너는 마음이 여리고 소극적이라 친구들에게 싫다는 말을 잘 하지 못했던 것 같아. 친구가 거친 말을 하거나 싫은 행동을 해도 친구에게 그만하라고 말하지 못했지.

　네가 중학교 때는 친하게 지내던 친구가 너의 뒷말을 해서 많이 속상해했지. 그래도 다행인 것은 중학생이 되니 너에게 맞는 친구와 맞지 않는 친구를 구별하는 힘이 생긴 것 같더라. 중학생 때부터 너와 마음이 맞는 친구를 사귀게 되더구나. 네가 세월을 겪으면서 어떤 친구를 사귀어야 하는지를 안 거지. 너와 잘 맞는 친구를 알아보고, 사귀는 힘까지 생긴 같아 나도 기뻤단다. 그래도 학기 초마다 급식을 같이 먹을 친구를 사귀는 걸 가장 큰 과제처럼 여기는 것 같더라.

　"오늘 ○○○과 급식을 먹었는데, 1학년 때 같은 반 친구야."

　"나랑 친한 애들은 다 다른 반 됐어. 그 그룹으로 가서 급식 먹기도 좀 그래. 나랑 같이 급식 먹는 친구 중 한 명이 나에게 자꾸 싫은 말을 해."

　"나랑 친한 친구가 다른 아이들과 친해. 내가 그 그룹에 끼게 되면 홀수여서 짝이 안 맞아.”

“고등학교 1학년 때부터 혼밥은 가능했는데, 이제는 석식 급식 혼밥도 가능해. 근데 점식 급식 혼밥은 아직 힘들어.”

고등학교 때는 너와 맞지 않는 친구에게 ‘싫다’라고 말을 할 정도로 단단해졌어.

“나에게 함부로 말하고, 나는 하기 싫은데 자꾸 해달라는 친구가 있어. 작년에 어울릴 때는 잘 몰랐는데, 나와는 안 맞는 것 같아. 그래서 싫다고 말했어.”

이제는 친구를 어떻게 대해야 하는지 알게 된 거지. 너와 맞지 않는 친구와는 멀어지는 법을 스스로 터득했고, 너와 맞는 친구와는 더 가까운 사이로 발전하는 방법을 배웠더구나.

너는 힘들어하는 친구를 도울 줄도 알고, 반에서 ‘왕따’로 보이는 친구에게 마음을 썼지. 주변이 버려야 하는 재활용 쓰레기가 많은 것을 보고 반 친구들에게 자기 물건은 자기가 버리자고 요청하기도 했었지. 친구가 아파할 때는 따뜻한 위로와 공감을 보일 줄 알고, 친구에게 좋은 일은 함께 기뻐해 주고, 잘한 일은 칭찬할 줄도 알고 말이야. 너의 마음을 말로 전할 줄도 알고, 사랑의 선물을 나눌 줄도 알게 되었더구나. 어느새 너는 마음이 따뜻한 사람으로 성장해있었어.

어릴 때는 옆집에 사는 아이가 친구가 되고, 초등학교 때는 같은 반 아이가 친구가 되지. 중고등학교 때는 학교 동창 중에서 친구가 생기고, 반 친구 중에 새로 사귄 아이와 친구가 되기도 한단다. 좋고 싫은 것이 좀 더 분명해져서 오히려 친구 사귀기가 더 까다로워지기도 해. 여러 학교에 다니던 아이들이 모이고, 다양한 가정환경에서 자란 아이들이 만나게 되니까. 성격과 개성, 취미와 관심도 다양하지. 다른 친구 그룹에 끼어들기도 어렵고, 내 그룹을 깨고 나가서 새로운 그룹을 만들기도 어렵지. 싫은 친구가 생겨도 가끔은 그대로 친구 관계를 유지해야 할 때도 있더라.

성인이 되어도 새롭고 낯선 환경에서 친구를 사귀기란 언제나 어렵고 힘든 일이란다. 어른들에게도 낯선 환경은 두려운 법이거든. '낯선 것'이 주는 경계심과 '눈치 보기'가 주는 견제는 성인이라고 예외는 아니란다. 좀 더 다양한 성격과 취미를 가진 사람, 좀 더 다양한 지역과 다양한 가정환경에서 자란 사람들을 만나는 것뿐이니 겁먹을 것은 없단다. 누구나 다 그런 낯선 환경에서 친구를 만들어 나가는 거야.

모든 사람을 경계할 필요도 없지만, 모두의 친구가 될 필요도 없단다. 모든 사람이 나의 친구가 될 수도 없고, 모두가 나를 좋아할 수도 없어. 단지 나와 잘 맞는 사람이 있고, 그렇지 않은 사람이 있을 뿐이야. 자신에게 잘 맞는 사람을 가려서 사귀면 되는 거란다.

친구 사귀기는 조금 까다로워도 괜찮아. 네게 해를 끼치는 사람은 가려볼 줄 알았으면 좋겠어. 자신과 다른 사람이라고 상대방을 무시하거나 자신의 권위를 내세워 다른 사람을 함부로 하는 사람은 멀리해야 해. 가끔은 폭력을 써서 상대방을 굴복시키려는 사람도 있어. 우리는 그런 사람들을 경계해야 해. 만일 이런 사람이 네 곁에 있다면 도움을 요청하거나 하루빨리 멀어지는 것이 좋을 거야. 모든 사람에게 친절할 필요도 없어. 싫어하는 사람과 억지로 친구가 될 필요도 없단다. 싫으면서 다른 사람에게 끌려다니는 것보다 거리를 두는 것이 서로를 위해서 좋아.

엄마가 생각하는 좋은 친구는 만나면 즐겁고, 행복하며, 마음이 충만해지는 사람이란다. 좋은 친구는 맑고 순수한 영혼을 가지고 있어. 그래서 만나면 편안하고 잔잔한 미소를 짓게 한단다. 좋은 친구는 삶에 열정이 많고 긍정적인 사람이야. 자신의 삶을 진중하게 여기고 열심히 살아가지. 좋은 친구는 남을 배려할 줄 알고, 타인을 존중할 줄 알아. 자신이 조금 손해를 보더라도 다른 사람을 위해서 기꺼이 양보할 줄도 안단다. 좋은 친구는 자신이 잘못했을 때 솔직하게 용서를 구할 줄도 알 거야. 자신의 잘못을 숨기려고 거짓말을 하거나 다른 사람을 탓하지 않고, 진실을 이야기하는 용기 있는 사람이지.

나는 네가 이런 사람을 친구로 두었으면 좋겠어. 좋은 친구를 사귀기 위해서는 무엇보다 네가 좋은 사람이 되어야겠지. 자신이 좋은 사람이어야 좋은 사람이 다가온단다. 그러나 친구가 찾아온다고 저절로 좋은 관계가 되는 것도 아니야. 상대와 내가 다르다는 것을 인정해야 좋은 친구를 사귈 수 있단다. 그리고 먼저 마음을 열고 존중해 주면 상대방도 진심을 다하게 돼. 좋은 관계를 유지하기 위해 서로 노력을 해야 해. 노력하지 않고 얻어지는 좋은 관계란 있을 수 없는 거거든.

어른들도 결국
사람일 뿐이야

서당엔 훈장님이 있고, 학교에
선생님이 있듯이 대학에는 교수님이 있고, 사회에 나오면 입사 선
배나 상사들이 있어. 이들은 나보다 나이가 많은 어른일 뿐만 아니
라 경험과 지식이 많은 사람들이야. 그들을 통해서 지식을 쌓거나
기술을 익히게 된단다. 그들 중 누군가는 삶의 멘토가 되어 어렵고
힘들 때 내게 의미와 희망을 주기도 하지. 어른들의 지식과 지혜를
배우면서 성장하는 거야.

살면서 본받을 만한 어른을 만나기도 하지만, 때로는 실망스러
운 어른을 만나기도 한단다. 나보다 앞서 살아가는 어른들을 보며
꿈을 꾸기도 하지만 좌절하기도 할 거야. 어른을 보면서 좌절하는
이유는 어른들에 대한 환상 때문일지도 몰라. '어른들은 이렇게 행

동해야 한다'라는 자신이 그려낸 환상 말이야. 환상이 깨지면 크게 실망하기도 하지.

엄마도 그런 경험이 있단다. 초등학교 선생님은 반장을 시켜 자율시간과 청소를 감독하게 했는데, 반장인 친구가 떠드는 아이나 청소를 잘 못하는 아이를 때릴 수 있게 권한을 주었단다. 어떤 선생님은 여자아이들에게 흰머리를 뽑게 하거나 칠판 가득 수업 내용을 적기만 하고 학생들이 이해하는지는 별 관심이 없었던 분도 계셨단다. 한번은 선생님이 공부 잘하는 아이들만 예뻐한다고 생각해서 반 아이들의 불만이 많았어. 어느 날 선생님이 "선생님을 때리고 싶은 사람 손들어 봐."라고 하셨고, 반 아이들 중에 10여 명이 손을 들었어. 교단 앞으로 나간 아이 중 두세 명이 회초리를 들고 정말 선생님을 때렸단다. 어쩌다가 그런 일이 벌어졌는지 모르겠어. 지금이라면 뉴스에 나오고 SNS에서 난리가 났겠지. 초등학교에서의 그런 경험들이 오랫동안 선생님에 대해 부정적인 인상을 갖게 했던 것 같구나.

중·고등학교 때도 선생님에 대한 부정적인 소문과 이미지는 계속 나를 따라다녔어. 물론 좋은 선생님도 있었지만, 선생님에 대한 전체적인 이미지를 바꾸기는 힘들었지. 대학교 때도 선생님에 대한 부정적인 생각은 변하지 않았어. 10년 된 누렇게 바랜 노트를 줄줄이 읽기만 하는 교수님을 보며 고개를 절레절레 흔들었지. 요즘의 교수들은 좋은 강의 평가와 연구 성과를 내지 않으면 살아남을 수 없지만, 예전에는 교수 평가나 연구 업적이 없어도 교수 자리를 유지할 수 있었거든.

자신의 경험으로 선생님 전체를 판단하는 게 잘못이라는 생각은 마흔이 넘어서야 들기 시작했어. 좋은 선생님을 만난다는 건 쉽지 않지만, 여전히 좋은 분들이 있다는 걸 뒤늦게 안 거지.

엄마랑 달리 아빠는 초등학교 때 선생님 이야기를 지금도 한단다.

"여섯 살에 학교를 들어갔는데, 연필도 잡아보지 않고 초등학교 입학을 한 거야. 하루는 담임 선생님이 나를 남게 하더니 밖에서 돌을 주워오라고 하고 책상에 돌을 올려놓고 산수를 가르쳤어. '사과 다섯 개가 있는데 동생이 한 개를 먹었어. 그러면 몇 개 남을까?' 이런 식으로 묻고 답했지. 지금도 선생님이 많이 생각나. 요즘 이런 선생님 찾아보기 힘든 것 같아."

아빠처럼 좋은 선생님을 만나는 것은 큰 행운이란다. 살면서 좋은 스승 한 명만 잘 만나도 인생이 달라질 수가 있어.

단지, 스승이라는 그 이름만으로 존경해야 되는 건 아닐 거야. 하지만 무턱대고 자신이 정해놓은 기준에 맞지 않는다는 이유로 불신하지는 않도록 하렴. 대부분의 많은 선생님은 학문 탐구와 학생들의 수학을 위해 정진하고 있단다. 자신이 맡은 분야에서 최선을 다하고 있다면 그것만으로 존경할 만하지. 엄마처럼 선생님에 대한 좋지 않은 기억과 막연한 불신으로 어른을 대할 필요는 없을 것 같구나. 몇몇 선생님의 잘못된 모습 때문에 모든 선생님을 불신하지 않았으면 좋겠다.

네가 자신의 본분을 다하고 있는 선생님과 더 많이 만났으면 좋겠구나. 어른들의 좋은 점을 본받고, 좋은 것을 더 많이 배웠으면 좋겠어. 편견과 선입견으로 가득한 사람은 아무것도 배울 수 없단다. 좋은 선생님을 찾는다면 좋은 선생님을 만날 수 있을 거야. 혹시라도 부족한 점이 있는 선생님을 보게 된다면 이렇게 생각해 보자.

'나는 그런 사람이 되지 말아야지. 어쩌면 선생님이 보이는 부족함은 나에게 가르침을 주고 있는 것일 거야. 그런 사람이 되지 말라는 가르침인 거지.'

엄마는 나이를 먹고 나서야 '사람이 천차만별이듯 선생님도 다양하다'라는 생각을 하게 되었단다. 좋은 선생님도 있고, 그렇지 않은 선생님도 있는 것이 당연하다고 생각하게 된 거지. 선생님도 사람이라는 사실을 인정하고 나니 선생님을 조금이나마 이해할 수 있게 되었단다.

초등학생 때 놀기만 하다 공부를 막 시작하려 할 때 용기를 심어줬던 선생님이 계셨고, 중학교 때 열정적으로 학생들을 가르쳤던 선생님도 계셔. 10년 혹은 20년 후의 모습을 그려보면서 살아가도록 큰 그림을 그려준 선생님도 계셨지. 대학 때 수업에 집중을 못 하고 공부를 안 하니 엄마를 불러서 따뜻한 말씀을 나눠주셨던 교수님도 계셨단다. 내가 눈을 감고 보지 않으려고 할 때는 보이지 않던 선생님들이 이젠 보이기 시작하더구나.

선생님이나 교수님도 사람인지라 잘 따르고, 열심히 공부하는 학생들에게 마음이 가는 것은 당연한 것 같아. 엄마처럼 선생님께 살갑게 다가가지도 않고, 선생님을 잘 따르지도 않는 학생에게 친절을 베풀기는 어려웠을 거야. 학교생활을 열심히 하지도 않고, 공부도 잘하지 않는 학생에게 관심을 주는 선생님은 별로 없겠지. 모든 학생에게 골고루 관심을 가진다면 좋겠지만, 그래도 열심히 공부하고 성실히 생활하는 학생에게 관심과 열정을 가질 수밖에 없을 거야.

선생님뿐만 아니라 선배, 직장 상사, 멘토에 대한 지나친 환상도 내려놓으렴. 롤모델이 될 정도로 자신에게 중요한 존재일지라도 나와 같은 사람이란다. 한 분야에서 높은 성과를 거뒀을지라도 그저 나와 똑같은 평범한 사람인 거지. 단지 나보다 좀 더 앞서 세상을 살았을 뿐이고, 나보다 경험과 지식이 좀 더 많을 뿐이야. 그들도 장점이 있고, 단점도 있는 사람이란다. 어른들을 통해서 배울 점은 배우고, 그렇지 않은 부분에 대해서는 그저 모자람이 있는 사람이라는 사실을 인정해 보렴.

하지만 때로는 이해되지 않는 사람이 있을 수도 있어. 학교와 사회 일상생활에서 만나는 어른 가운데 너에게 부당한 말을 하고, 옳지 못한 행동을 하는 사람이 나타날 수 있겠지. 그럴 땐 당당히 너의 생각을 말하렴. 만일 네가 정당한 요구를 했고, 당당하게 이야기했는데 상대 어른이 바뀌지 않는다면 '자신의 허물을 인정하려 들지 않는 사람'이라고 여기면 될 것 같구나.

네가 중학교 때 선생님을 찾아갔던 기억을 떠올려 보겠니? 중학교 때 수학 수업을 하는데 A반과 B반으로 나눴다지. 모처럼 너도 시험을 잘 봐서 B반에서 A반으로 올라가게 된 거야. 그런데 수업 시간에 선생님이 제대로 가르치지도 않고 "이런 건 학원에서 배우세요."라고 말하며 넘어갔다고 했다지. 선생님 표정이 무서워서 말을 선뜻 건네기 어려운 분이었다고 했어. 그런데도 너는 용기를 내어 교무실로 찾아갔어. 거의 울 것 같은 표정으로 벌벌 떨면서 이야기했다고 했지. "선생님, 저는 학원을 안 다녀요. 그런데 선생님이 수업 시간에 그냥 넘어가면 저는 이해가 안 돼요."라고 말이야. 그랬더니 선생님이 미안하다며 다음부터는 설명을 잘 해줬다고 했었지. 중학교 때 선생님처럼 어른들은 가끔 자신이 무엇을 잘못하고 있는지 모를 때가 있거든. 그러니 네 생각을 당당히 말하면 좋겠어.

형제를 존중하고
배려하라

너와 네 동생은 어렸을 때 무척
잘 지냈단다. 너희 남매는 어린 시절 많은 추억을 쌓으면서 놀았어.
지금도 집에 너희 추억이 담긴 인형이 두 상자나 있지. 너희는 인
형마다 모두 이름을 붙이며, 둘이서 종일 놀아도 시간 가는 줄 몰
랐어. 동생과 많은 시간을 함께했지만, 지금은 말이 없는 무뚝뚝한
동생이 되었지. 각자의 생활이 바빠지면서 함께하는 시간이 적어
졌고, 사춘기를 거치면서 서로의 관심사가 다르니 자연스럽게 할
말도 줄어든 거겠지. 긴밀하게 생활을 공유하고 살을 비비며 지내
던 시간도 점차 줄어들었고, 조금은 데면데면한 남매가 된 거지.
한지붕 아래 사는 가족이지만 공유하는 이야기도 줄었지. 요즘은
동생이 어떤 생각을 하고 어떻게 지내는지 잘 모르지. 그래서 서

로가 소원해졌다고 느낄 거야. 사춘기를 겪고 있는 지금이 지나가면 나아지겠지. 지금 동생은 성장하느라고 누나를 돌아볼 수 없는 걸 거야. 너도 수험생일 때는 동생을 돌아볼 여유가 없었잖니. 지금은 각자의 생활영역에서 자기를 가꾸는 데 몰입할 시기라고 받아들이면 좋겠구나.

네가 기억하지 못하겠지만, 너와 네 동생의 첫 만남을 이야기해줄게. 네 동생이 태어나고 엄마가 산후조리원에서 지낼 때, 너는 할머니 손을 잡고 조리원에 방문했었어. 1월이라 모자를 쓰고 따뜻하게 옷을 입고 왔더랬지. 양 볼이 발그레한 모습으로 쭈뼛거리면서 낯선 산후조리원으로 들어왔단다. 아직은 엄마의 사랑이 더 필요한 15개월 아기인 네가 동생을 바라보며 그저 신기해했단다.

엄마가 2주간의 몸조리를 마치고 네 동생과 함께 집으로 돌아왔을 때도 너는 얼마 동안 할머니 집에 더 머물러야 했지. 며칠 후 밤 열 시가 넘은 시각 네가 할머니 손을 붙잡고 집으로 찾아왔어. 할머니가 그러시더라.

"엄마한테 간다고 자꾸만 운다."

너는 갓난아기를 안고 있는 엄마를 낯설어하는 것 같더라. 네 동생을 안고 젖을 먹이는데, 젖먹이 동생과 엄마 사이를 파고들며, 기어이 동생을 엄마 품에서 떨어뜨려 놓더구나. 그리고 석 달 정도 지났을 때 할머니가 너에게 말씀하셨어.

"동생이 태어났으니, 이제 젖병은 동생이 먹도록 하자!"

한마디 했을 뿐인데 너는 고개를 끄덕거렸단다. 그날 이후로 너는 젖병을 바로 끊었어. 강요한 것도 아닌데, 말 한마디에 바로 끊을 수 있을 거라곤 상상하지도 못했지. 지금 생각해 보면 그때 젖병 떼기가 네겐 너무 이르지 않았나 아쉽기도 하단다.

동생을 만난 네가 어떤 마음이었을지 모르지만, 너와 네 동생은 너무 잘 지냈어. 너는 동생을 잘 돌봤단다. 중학교 1학년 때까지 네 친구 생일잔치에 동생을 데리고 갔었지. 동생도 너를 잘 따랐어.

네가 여섯 살, 동생이 네 살쯤 되었을 때야. 수십 명 되어 보이는 아이들이 미술관 앞 놀이터에서 놀고 있었어. 엄마와 아빠는 멀리 떨어져서 너희들이 뛰어노는 모습을 눈에 담고 있었지. 너는 그네를 탔다가 미끄럼을 탔다가 요리조리 잘도 뛰어다니면서 놀더구나. 너는 네가 가고 싶은 대로 뛰어다니면서 놀고 있었어. 동생이 감히 따라가지 못할 정도였지. 그런데 신기하게도 동생은 너를 금방 찾아냈단다. 동생의 눈동자는 오로지 너만을 좇는 것 같더구나. 많은 아이들 속에서도 곧잘 너를 찾아냈단다. 동생의 누나 바라기는 그 이후로도 오랫동안 계속되었지.

너는 가끔 너보다 동생에게 먹을 것을 많이 줬다고 질투를 하기도 하고, 너보다 동생에게 더 좋은 장난감을 주었다며 화를 내기도 했어. 어린 마음에 네 것보다 동생의 것이 더 많고 더 좋아 보였겠지. 그러다 동생과 싸움을 벌이기도 했어. 동생이랑 싸우는데 부모가 동생 편을 든다며 서운함에 울기도 했단다. 어느 집에서나 볼 법한 흔한 풍경이지.

너희가 청소년기에 접어들면서부터 어릴 때와는 완전히 다른 모습으로 지내고 있어. 각자의 생각과 생활방식대로 살아가고 있잖니. 어느 날은 얼굴도 보지 못한 채 흘러가고, 어떤 날은 서로 말 한마디 하지 않고 지나가기도 하지. 지금은 각자의 생활 속에 빠져 지내는 시기인 거야. 예전과 지금이 다르듯 또 앞으로 어떻게 너희의 모습이 변해갈지는 모르는 거야. 각자의 삶을 살다가 어느 날 또 공통분모를 찾아낼 수도 있고, 그렇지 않을 수도 있겠지.

요즘은 한 집에 형제가 많아야 두세 명 정도잖아. 부모들은 자녀에게 관심을 많이 두고, 교육 수준 또한 높지. 경제적으로도 풍족한 시대에 살고 있어. 엄마가 자란 70~80년대는 경제적으로 늘 부족했고, 부모의 관심이나 사랑도 나와는 멀리 떨어져 있는 것 같았어. 4남 3녀 속에서 자랐으니 형제가 부모를 대신해 동생을 돌봤고, 부모의 사랑을 형제한테 대신 받기도 했거든. 친구들과 다툼이 있을 때 형제가 든든한 지원군이 되었고, 인생의 롤모델이 되기도 했단다. 부모보다 형제의 영향력이 더 크다고 느낀 적이 많았어.

많은 형제 사이에서 자라다 보니 좋은 점도 있지만 다툼도 있었고, 양보해야 하는 것도 많았단다.

큰언니는 농사일로 바쁜 어머니를 대신해 여섯이나 되는 동생을 돌봐야 했고, 집안 살림까지 도맡아야 했단다. 오로지 딸이라는 이유로 학업을 포기해야 했지. 갓난아기였던 엄마를 돌본 사람도 큰언니였단다. 큰오빠는 부모와 더불어 동생들 뒷바라지를 해야 했고, 경제적 책임도 분담해야 했단다. 고향을 떠나 원양어선을 타고 외국에 나가 돈을 벌기도 했어. 자신의 꿈은 포기하고, 부모님과 동생들을 위해 힘들어도 참아온 거란다. 막내였던 엄마는 바쁜 부모를 대신하여 더 돌봐주고 사랑해준 형제 덕분에 잘 자랄 수 있었어. 형제의 배려와 도움으로 배움을 이어갈 수 있었고, 형제들 덕분에 살아갈 힘을 내기도 했단다. 세상을 살아가는 방법을 형제들 속에서 터득해 온 거지.

서로를 원해서 형제가 된 것은 아니지만, 우리는 형제가 되었지. 부모가 같을 수도 있지만, 다른 부모를 가진 형제가 될 수도 있단다. 재혼이나 입양으로 가족이 될 수도 있거든. 어떤 형제는 나와 잘 맞기도 하지만 그렇지 않은 형제도 있어. 가깝게 지내는 사람도 있지만 그렇지 않은 형제도 있지. 어떨 때는 남보다 못한 사이일 수 있어.

어렸을 때의 사소한 다툼은 쉽게 잊히고 큰 문제가 되지 않을 수도 있지. 하지만 가끔은 형제들끼리 생각 없이 내뱉는 말이 상처가 되기도 한다. 형제가 너에게 자꾸 상처를 주는 말을 하거나 폭력을 행사한다면 단호하게 거부해야 해. 그리고 혹시 네가 다른 형제에게 상처를 주고 있지 않은지 생각해 볼 필요도 있단다. 나와 생각이 다르고 사는 방식이 다르다고 해서 함부로 말하거나 기분 내키는 대로 행동해서는 안 되는 거야. 형제가 편하다고 혹은 오래된 습관으로 아무 말이나 내뱉어서 생채기를 내서는 안 된다. 넘지 말아야 할 선은 분명히 있거든. 아무리 가까운 형제라도 예의를 지켜야 해. 그리고 아무리 가까운 사이라도 내 뜻대로 휘두르려고 하면 안 된단다. 서로의 생각이나 삶의 방식을 존중해야 해. 내 마음도 내 뜻대로 안 되는데, 타인을 내 마음대로 하려는 건 헛된 바람일 뿐이야.

형제는 부모보다 더 오래 함께 살아갈 사람이란다. 그러니 서로에게 힘이 되는 사람이 되도록 노력했으면 좋겠구나. 서로를 지지하고 격려하는 사람이 되었으면 한단다. 서로를 존중하고 배려하도록 노력하렴. 동시대를 함께 걸어가야 할 사람으로서 험한 세상 다리가 되었으면 좋겠다. 그냥 곁에 있는 것만으로도 든든한 동지 말이야.

부모의 삶은 온전히
이해할 수 없다

부모가 자식에게 미치는 영향력은 어느 정도일까? 유전적으로는 99.999%를 닮는다고 해. 부모의 유전자는 자녀의 지능, 성격, 건강, 행동에 영향을 미친다고 하더라. 부모는 자녀에게 성장환경으로도 많은 영향을 끼치지. 성격, 자존감, 습관, 태도, 가치관, 종교, 신념, 취미, 학습, 진로… 등 부모의 영향이 미치지 않는 영역이 없을 정도니까. 자식은 부모의 영향력에서 벗어날 수 없어. 특히 어릴 때는 부모가 돌보지 않으면 생명을 잃을 수도 있고, 일정 시기까지 부모의 보살핌이나 지원 없이는 인간다운 삶을 살아가기가 힘들단다.

어떤 부모는 자녀에게 좋은 영향을 주지만, 어떤 부모는 나쁜 영향을 미치기도 하지. 똑같은 부모라도 자녀에게 다른 식으로 영향을 주기도 해. 부모교육을 못 받아서일 수도 있지만 불완전한 존재이기 때문에 자녀에게 긍정적인 영향만 주지 못하는 것일 수도 있어. 부모로부터 받았던 악순환의 고리가 이어져 자녀에게 부정적인 영향을 주기도 한단다. 혹은 부모가 자녀에게 상처를 주고 있다는 사실도 모른 채 잘못을 저지르는 경우도 있어. 이유가 어찌되었든 자녀는 부모로부터 받았던 상처로 오랫동안 힘든 삶을 살기도 한단다.

엄마도 한동안 부모에게 받았던 상처 때문에 몹시 괴로웠던 적이 있단다. 혹시 부모로부터 받았던 말이나 행동 때문에 힘들다면 이 이야기를 들으면서 네 생각을 정리해 보았으면 좋겠어.

나의 부모님은 1930년 일제강점기에 태어나 어린 시절을 보냈어. 어머니는 18세, 아버지는 19세가 되던 해인 1950년에 얼굴도 보지 않고 결혼을 하셨단다. 두 분이 결혼하던 해에 6·25 전쟁이 발발했고, 아버지는 전쟁에 참전하셨어. 다행히 부상 없이 전쟁에서 살아 돌아오셨지. 부모님은 황폐해진 논밭을 일구고, 풀뿌리를 캐 먹으면서 살아남으셨단다. 먹을 것이 없어서 소나무 송진을 벗겨 먹거나, 쌀겨를 키질해서 먹던 이야기를 어머니가 자주 하시곤 했어. 내가 어릴 적엔 보리만 있는 꽁보리밥을 먹던 날도 많았단다.

전쟁 이후 우리나라는 모든 산업과 자원이 잿더미가 되어버린 상태였고, 부모님의 삶은 역경과 가난의 연속이었어. 우리 부모님 뿐만 아니라 1960~1970년대 모두가 지독한 가난 속에서 살았단 다. 1960년대는 산업의 발달로 도시가 성장하기 시작했고, 많은 인구가 농촌에서 도시로 이동했어. 정부는 새마을 운동을 벌이면 서 대대적인 경제발전계획을 세웠지. 지붕 개량 사업과 수로 사업 으로 초가지붕을 슬레이트 지붕으로 바꿨고, 구불구불 좁은 수로 를 넓은 수로로 만들었단다. 지금도 시골에 가보면 흔적이 그대로 남아 있어. 우리 부모님 세대는 한강의 기적을 만든 산업역군이란 다. 가난에서 벗어나기 위해 부지런히 일했어. 근면·자조·협동이라 는 새마을 정신은 가난한 농촌을 부자로 만들었지. 가난했던 우리 부모님도 부유한 가정과 나라를 만드는 데 앞장섰단다.

1950년대부터 1980년대까지 우리나라는 격변기를 겪고 있었 어. 군사독재정권하에 젊은 시절을 보냈단다. 한국전쟁 이후 냉전 시대의 골은 깊었고, 뿌리 깊은 반공 정책으로 남북관계는 적대적 이었어. 전쟁의 후유증은 컸고, 먹고살기도 힘들었지. 우리 부모님 은 자신의 미래를 자녀에게 걸었단다. 4남 3녀의 자녀를 두었는데 그만큼 거둬야 하는 자식도 많았으니 삶이 고단했을 테지. 당신은 못 먹고 못 배워도 자식만큼은 교육을 시키려는 부모님들의 의지 덕분에 자녀들은 배울 수 있었고, 대한민국은 부유한 나라가 되었 고, 지식과 교육의 강국이 되었단다.

나의 아버지는 3살 때 어머니가 돌아가셔서 계모 밑에서 자랐다고 해. 아버지 밑으로 남동생 한 명과 여동생 한 명이 있었어. 아버지는 이복동생과의 관계가 나쁘진 않았지만, 곧잘 외롭다는 말씀을 하셨단다.

아버지는 성격이 차분한 편이었고, 말씀이 별로 없었어. 다른 사람으로부터 '법 없이도 살 사람'이라는 말을 많이 들었지. 다른 사람과 큰소리를 내며 싸운 적도 없었어. 아버지는 글을 쓰거나 라디오를 켜고 뉴스를 들으며 지냈지. 그래서인지 마을 사람들은 중요한 일이 있거나 글을 써야 할 때마다 아버지에게 도움을 요청하기도 했어.

그런데 아버지는 몸이 약한 편이었고, 농사일을 할 때 간혹 숨이 차다고 하셨는데 결국 60세 되던 해, 뇌졸중으로 좌측 사지 마비가 왔단다. 그 뒤로 아버지는 농사일과 가정의 경제적 책임을 내려놓아야 했단다.

어머니는 아버지와 환경이나 성격이 달랐어. 어머니는 2남 3녀 중 둘째로 형제들 간의 우애가 좋은 편이었어. 어머니 밑으로 남동생 둘과 여동생 한 명이 있었는데, 어머니 바로 다음으로 남동생을 봤다며 부모로부터 예쁨도 많이 받았었대. 남동생은 대학까지 졸업했지만, 어머니는 무학이란다. 딸이라는 이유로 소학교(지금의 초등학교)도 보내지 않았단다. 어머니는 더듬더듬 한글을 읽었고,

삐뚤빼뚤 몇 자 쓸 수 있을 뿐이었어. 셈은 잘하지 못했지만, 숫자를 헤아릴 정도는 됐었어. 그래도 도회지를 다닐 때 글자를 몰라 어려웠다거나 장에 나가 장사할 때 셈하기 어려웠다는 이야기를 들어보지는 못했단다. 면사무소에 가서 해결해야 하는 중요한 서류 업무는 아버지가 대신했고, 정부에서 곡식 수매를 할 때는 아버지가 큰일을 처리하셨거든. 자식들에게 소식을 전하는 편지를 써야 하는 경우나 글을 읽어야 할 때는 아버지가 대신 읽거나 함께 사는 자녀들이 글을 읽어주었지.

어머니는 성격도 급해서 말이 떨어지기가 무섭게 행동하지 않으면 불호령을 내렸어. 당신과 맞지 않는 사람들과는 큰소리를 내며 다투곤 했지. 목소리도 크고 욕도 잘하셨어. 건강하고 힘도 셌고 부지런해서 일도 남들보다 두 배는 빠른 속도로 해치웠단다. 어머니는 검소하고 절약하는 습관이 몸에 밴 분이라 당신을 위해서는 한 푼도 쓰지 않았어.

나는 이렇게 환경과 성격이 꽤 다른 부모 밑에서 자랐어. 이렇게 내 부모가 살았던 시대적 배경과 개인적인 특성을 이야기하는 건 내 부모를 좀 더 이해하기 위해서란다. 부모를 객관적으로 바라보면 부모에 대한 나의 생각이나 판단이 옳았는지 돌아볼 수 있거든. 한 사람으로서 살아온 역사를 들여다보되 가능하면 내 감정을 섞지 않고, 나의 편견으로 부모를 단정 짓지 않기 위함이야.

그런데 부모를 객관적으로 바라본다는 게 생각처럼 쉽지는 않더구나. 자꾸 감정이 섞이고, 지난 일들이 머릿속에 떠오르기 때문이지. 때로는 부모로부터 받았던 상처가 가슴에 남아 있고, 그 상처가 여전히 나를 괴롭히고, 과거의 기억과 감정이 뒤엉켜서 부모를 객관적으로 바라보기 힘들더구나. 아무리 객관적으로 부모를 바라본다고 해도 가슴에 상처는 쉽게 잊히지 않는단다. 친구 부모님이라고 생각하고 내 부모를 바라보려고 하지만 그마저도 쉽지 않더구나. 그런데 내가 아무리 부모를 객관적으로 바라본다고 한들 그들을 온전히 이해하는 일이 가능할까? 부모가 살아온 시대와 환경을 내가 살아보지 않았는데 어떻게 온전히 이해할 수 있겠니. 부모에게도 '나름 사정이 있었겠지'라고 생각해 볼 뿐이란다.

어쩌다 결혼해서 아이를 낳고 보니 부모가 되었을 거야. 부모 교육을 받은 것도 아니고, 부모가 되는 자격증이 있는 것도 아니잖니. 부모가 처음이라 자녀를 어떻게 키워야 하는지도 모르고, 때로는 삶이 고달프고 바쁘다는 핑계로 미처 자식의 상처까지 돌보지 못한 것일 수도 있겠지. 배운 것이 없어서 좋은 부모가 되지 못했을 것이라 가늠해 보기도 한단다. 세상에서 제일 어려운 것이 부모 노릇이라고 하니 부모가 잘못하는 것은 어쩔 수 없다고 생각해 봤어. 이렇게 생각해 본다고 해도 이해할 수 없는 부분이 여전히 남더구나.

너도 엄마처럼 부모를 있는 그대로 보기가 어렵고, 부모에 대한 감정이 부정적일 때는 너만 생각하렴. 부모에게도 어쩔 수 없는 상황이 있겠지만, 20대의 너는 억지로 부모를 이해하려고 하지 않아도 된단다. 오히려 부모님께 네가 부모에게 받았던 서운함이나 상처에 대해 이야기했으면 해. 어쩌면 부모는 너에게 상처를 주고 있다는 사실을 모를 수도 있거든. 부모가 너의 말에 많이 미안해할 수도 있고, 용서를 구할지도 모르는 거란다.

부모로부터 사과를 받을 수 있다면 다행이지만 그렇지 않을 수도 있단다. 부모가 자식에게 도리어 화를 내거나 잘못을 들추며 죄책감을 유발할지도 모르지. 그래서 어쩌면 부모에게 네 생각을 꺼내지 못할 수도 있어. 혹여나 부모가 네 생각을 받아주지 않을 것 같아서 두려울 수도 있겠지만, 그래도 조금 더 용기를 내어 부모님과 대화를 시도해 보기 바란다. "어떤 말과 행동으로 인해서 내가 아프고 상처가 되었다."라고 당당하게 말하는 거야. 단, 부모를 비난하기 위한 것이 아니라 너의 상처 받은 마음을 표현하는 것이어야 한단다.

부모에 대한 두려움이 너무 커서 용기가 나지 않거나 부모를 만날 수 없는 상황이라면 가상의 인물을 정해놓고서라도 하고 싶은 말을 해 보렴. 그래도 해소되지 않는다면, 믿을 만한 사람이나 전문가를 찾아서 상담을 받는 것이 좋을 것 같구나. 이해할 수 없는 부모를 섣불리 이해하려 하기보다 네 안의 상처를 치료하는 것이 먼저란다. 자신의 상처를 안을 수 있어야 다른 사람을 보듬을 수 있고, 네 마음이 편안해져야 부모를 이해할 힘도 생긴단다.

행복은 스스로
선택할 수 있다

　얼마 전, 후배로부터 전화를 받았단다. 어머니는 후배가 어렸을 때 집을 나갔고, 아버지는 중학교 때 집을 나가서 지금까지 어디에서 어떻게 살고 있는지 모른다고 하더구나. 함께 살던 삼촌은 술만 먹으면 후배를 때렸고, 생명을 위협하기도 했대. 어렸을 때 할머니 손에 자랐는데, 할머니는 가끔 어머니를 욕하기도 했다는구나. 중학교 때까지 이렇게 살았대. 그러다가 고등학교 이후에는 자신의 힘으로 삶을 꾸려나가고 있다는구나. 하지만 나이 서른이 넘은 지금 후배는 늘 불안하고, 어린 시절에 받았던 학대가 가슴 깊이 남아 있는 것 같다고 말하더라.

　후배의 말을 들으면서 엄마도 부모로 받았던 상처를 다시 떠올리게 되었단다. 부모님으로부터 받은 상처가 없는 사람은 거의 없을 거야. 부모란 신의 모습을 대신해서 아이를 돌보는 존재라고는 하지만, 결점투성이 부모가 자녀를 돌보기 때문에 많은 시행착오를 겪을 수밖에 없단다. 가끔은 자녀에게 회복할 수 없는 상처를 주기도 하지.

엄마도 할머니로부터 받은 상처로 힘든 시기를 보낸 때가 많았단다. 어머니는 아버지가 뇌졸중으로 쓰러진 후로 자녀를 부양하는 일과 경제적 책임을 도맡으셨지. 농사일하면서 밖으로 나가 장사도 하고 부업 일까지 하면서 돈을 버셨단다.

우리 집에서 돈이 가장 많이 필요했던 때는 아마도 1987년부터 1991년까지 약 5년 동안이었던 것 같아. 내가 고등학교 3학년 때부터 대학교 4학년 때까지란다. 돈이 필요한 사람은 많았는데 돈을 버는 사람은 어머니밖에 없었어.

뇌졸중이 온 남편, 취업 준비생 아들, 대학생인 아들과 딸, 이혼한 아들과 어린 손녀까지 어머니가 책임져야 할 사람이 여섯 명이나 되었지. 그때 어머니 연세가 60세였단다.

경제적 부담을 온전히 책임져야 했던 시기를 어머니가 어떻게 견디셨을까? 모든 걸 포기하고 도망가지 않은 것만으로도 나에게는 얼마나 다행인지 모른단다. 나라면 너무 힘들어서 뒤로 나자빠졌을 거야. 생각만 해도 그 고단함이 느껴진다. 하지만 어머니는 포기하는 법이 없었어. 부지런히 일했고, 억척스럽게 돈을 벌었단다. 당신 몸뚱이로 할 수 있는 일이라면 가리지 않고 일했거든. 그래서인지 어머니는 입에 욕을 달고 사셨어. 힘들 때면 내가 가장 듣기 싫어하는 말들을 쏟아내곤 했단다.

"썩을 년놈들 키워봐야 소용없어. 다 필요 없어. 네 오빠가 사업한다고 돈을 빌려달란다. 내가 돈이 어딨냐! 너희들 등록금 대기도 바쁜데. 그래도 어쩌냐. 돈 해줬다. 근데, 이놈들이 갚지를 않는다. 농사지은 것으로 빚 갚고 나니 한 푼도 없다. 아이쿠! 자식놈들 몸서리가 난다. 아이고, 내 팔자야. 자식새끼 다 소용없다. 애미애비 돌볼 줄을 모른다. 몸서리가 난다."라며 자식들에 대한 불만과 당신의 고달픈 삶에 대한 한탄이 터져 나오곤 했단다. "딸년 대학까지 보내놨더니, 홀라당 시집 가버리고 나 몰라라 하고…. 썩을 년! 딸년 키워봤자 소용없다니까."

그렇게 자신의 고단함을 몰라주고 도움이 되지 않는 딸을 향해서 욕을 하기도 했어. 또 어떤 날은 "우리 큰아들이 최고여. 큰아들은 너희 등록금 부치라고 하면 턱 하니 내놓는다. 큰아들밖에 없어."라며 큰오빠와 비교를 하기도 했었지. 또 다른 날은 "남의 집 자식들은 농사도 지어주고 논도 사 줬다는데…."라며 다른 집 자녀와 비교하기도 했단다.

어머니 입에서 다른 사람과 비교하는 말과 욕설, 한탄이 속사포처럼 쏟아지는데 나는 어머니의 화를 멈추게 하는 방법을 몰랐어. 오히려 어머니의 화를 돋우는 말이나 행동을 더 많이 했단다. 어머니의 고생스러움을 알았으나 학생인 내가 할 수 있는 일은 없었거든. 어머니를 대신해 돈을 벌 수도 없었으니까. 지금 생각해 보면, 대학생이니까 어디 가서 아르바이트라도 할 수 있었을 텐데, 가정 경제 사정에는 둔감했던 거지. 그래도 어머니의 욕설은 가슴에 박히더라. 어머니의 탄식은 날이 가도 그칠 줄 몰랐고, 욕설도 습관이 되어 시도 때도 없이 터져 나왔단다. 어머니의 허리춤에서 쏟아져 나오는 돈으로 내가 살아가고 있었지만, 어머니의 입을 통해서 쏟아져 나오는 거침없는 욕설은 내 마음에 상처를 내고 있었던 셈이야.

사실 어머니와 큰 소리로 싸우는 일이 많다 보니 그게 상처라고 생각하지도 않았던 것 같아. 그냥 어머니에 대해 '화가 많이 난다'라고 생각했던 거지. 나뿐만 아니라 우리 형제들이 모두 어머니로부터 비슷한 대우를 받았기 때문에 그게 상처라고 생각하지 않았던 거야. 그리고 어머니의 말이 나를 화나게 한 건 맞지만, 고생하시는 모습을 보면 또 나를 달래게 되더라. 어머니의 거칠어진 손을 보면서 어머니에 대한 미움을 밀어냈지. 어쩌면 어린 내가 거친 어머니 밑에서 살아남을 유일한 방법이었던 걸지도 몰라. 이따금 내가 예쁘다며 사랑스러운 눈길을 담아 다정하게 쓰다듬어주시는 어머니의 손길을 받으며, 어머니에 대한 원망도 내 마음에서 멀리 날려버렸으니까. 자꾸 올라오는 감정들을 누를 수 있었던 건 그래도 언제나 내 곁에 있어 주고 버텨주는 어머니의 모습을 보았기 때문일 거야. 그렇게 어머니와 나의 애증 관계는 계속 이어져왔단다.

20대의 나는 어머니와 싸우고, 어머니에게 욕을 들으면서 사는 게 일상이었다. 어머니에게 화를 내고, 후회하기를 반복했었지. 20대 때 나는 혼자 울고, 혼자 용서하고, 혼자 화해했단다. 그런 일상이 힘들기는 했지만, 그럭저럭 내 상처를 보듬어 살아가는 방법을 찾아냈고, 상처를 안고 살아도 괜찮은 것처럼 지냈어.

그런데 어느 날 내 안의 상처로 인해서 한 발짝도 앞으로 나가지 못하게 된 순간이 찾아왔어. 다른 사람들은 아이를 키우면서 부모님을 이해하게 되었다고 하는데, 나는 아이를 키우면서 어머니에 대한 화가 더 많이 올라왔단다. 나도 모르게 어머니에게 들었던 말을 내 아이에게 쏟아내고 있더구나. 내가 그렇게 싫어하던 어머니의 모습을 그대로 따라 하고 있었던 거야. 하루는 네가 작은 실수를 했는데, 내가 너에게 욕을 하고 말았단다. 너도 놀라고 나도 너무 놀랐지. 어머니의 가장 싫은 모습을 무의식적으로 따라 하고 있는 내 모습에 너무 놀랐단다.

네가 지금 부모의 모습 중 가장 싫어하던 점을 닮아가고 있거나 부모로부터 받은 상처 때문에 너무 괴로워서 한 발짝도 떼지 못하고 있다면, 지금 네게는 치유의 손길이 필요할 때란다. 네 상처가 너무 커서 네 감정을 어찌할 수 없다면 반드시 전문가의 도움을 받으렴. 네가 그럭저럭 견딜만한 힘이 있다고 여겨지고, 상처를 보듬고 나갈 수 있을 정도라면 스스로 방법을 찾아보는 것도 좋을 거야.

엄마는 혼자서 내 상처를 치유하기 위해서 노력했어. 책을 읽고 강연을 찾아다녔고, 고민을 함께 나눌 수 있는 친구와 이야기를 나누기도 했단다. 아이를 키우는 엄마라면 모두 비슷한 고민을 하고 있어서 내가 받은 상처를 드러내는 것이 어렵지 않았지. 이전에는 그렇게 부끄러웠던 상처가 이제는 감춰야 할 일이 아니란 걸 알겠더라. 그런데 책을 읽고, 강연을 듣고, 친구와 이야기를 나눈다고 다 해결이 되는 것도 아니더구나. 그래서 더 깊이 있고 전문적인 공부를 해야겠다고 생각했단다. 자가(Self) 치료를 위해서 상담심리학 공부를 시작한 것도 그래서였어. 상담심리학 공부를 하면서 내 안에 깊숙이 박혀 있는 상처를 토해냈단다.

'내가 딸로 태어나고 싶어서 태어난 것은 아니지 않나? 당신이 나를 딸로 낳아놓고 왜 나를 원망하는데? 딸로 태어난 것이 무슨 죄가 있다고 그렇게 하셨을까? 내가 어찌할 수 없는 영역을 가지고 나를 탓하면 나는 어떻게 해야 하는 거야?'라고 외치며 내 잘못이 아니라는 항변을 해 보았단다. '내가 어떻게 한들 부모를 만족시킬 수 없구나'라며 부모를 바꿀 수 없다는 마음에 절망하기도 했어. 조건 없는 사랑을 갈구해왔기에 그 사랑을 받을 수 없다는 현실이 슬펐단다.

어머니에게서 받았던 온갖 상처를 끌어안고 몸부림쳤어. 내가 어찌할 수 없는 부분이라서 더 괴롭고 슬프더라. 내 감정은 통제할 수 없는 부분으로 퍼져 나갔고, 감정을 토하고 또 토해내도 좀처럼 마음의 고통은 사라지지 않더구나. 뼛속까지 사무친 상처라 도저히 어떻게 할 수 없을 것 같았어. 한발 나아간 것 같다가도 어느새 뒤로 물러서기를 반복했단다. 치유의 끝은 보이지 않았고, 어둡고 긴 터널을 걸어가고 있는 것 같았어. 그래도 포기하지 않았단다. 문제가 있으면 반드시 해법도 있을 거라고 생각했거든. '어둠이 깊을수록 아침이 밝아온다'라는 격언도 떠올렸단다. 끊임없이 고민하고 공부했지. 그렇게 5년이 지난 후에야 상처를 조금 내려놓을 수 있었어.

내 나이 쉰 살이 거의 다 되어서야 내가 부모를 선택해서 태어난 것은 아니지만, 내 마음은 선택할 수 있다는 것을 알았어. 내 행복을 위해서 어떤 선택을 해야 하는지 깨닫게 되었단다. '내가 이런 어머니 밑에서 태어나지 않았다면', '나에게 욕하지 않는 어머니가 있었다면' 이런 생각이 나에게 도움이 될 수 없다는 걸 알게 된 거지. 되돌릴 수 없는 과거와 바꿀 수 없는 어머니를 놓고 고민하는 것보다 내가 바꿀 수 있는 것부터 바꾸기로 마음먹은 거야. 내가 선택할 수도 없는 과거와 바꿀 수 없는 어머니의 모습으로 인해서 더 이상 헤매지 않기로 했어. 내가 부모를 선택할 수는 없지만, 내 행복을 위해서 내 감정을 선택할 수 있는 거니까. 옛 선인은 이렇게 말씀하셨단다.

"우울한 사람은 과거에 살고, 불안한 사람은 미래에 살고, 평안한 사람은 현재에 산다."

사랑을 위해서는
용기가 필요해

네가 아무리 어렵고 힘들어도 아름다운 사랑을 포기하지 않았으면 좋겠어. 요즘에는 10대에도 이성 친구를 사귀는 경우가 많지만, 20대가 되면 더 많은 친구들이 이성을 사귀고 싶어 하잖니. 공부에 대한 부담에서 벗어나면서 이성에도 관심을 가지게 되는 거지. 너에게도 언젠가는 아름다운 사랑이 찾아오기를 기대하며 마음의 준비를 해보는 건 어떨까.

엄마는 중학교 때 과학을 잘하는 사람에게 관심이 있었어. 고등학교 때는 노래를 잘하고 기타를 잘 치는 사람에게 눈길이 갔지. 대학에 입학해서는 아는 것이 많고 말을 조리 있게 잘하는 사람이 좋았단다. 어릴 때는 나보다 똑똑하고 잘나 보이는 사람이 무조건 좋더니 결혼 즈음에는 조금 달라지더구나. 한참 결혼에 관심을 두었던 20대 후반에 친구가 나에게 물었어.

"너는 착한 사람과 능력 있는 사람 중에 어떤 사람이 더 좋아?"

"능력 있는 사람이 좋아."

엄마는 답했지. 친구는 착한 사람이 좋다고 말하더라. 결혼할 나이가 되었을 때 경제적인 능력이 있는 사람이 좋은 배우자라고 생각했단다. 아마도 내 아버지의 영향을 받은 것 같아. 아버지는 마음이 착해서 법 없이도 살 사람이라는 평판을 받았지만, 경제적 능력은 부족하신 분이었거든. 덕분에 어머니의 삶은 늘 힘들고 고달팠지. 그래서 엄마가 결혼하고 싶은 상대는 아내를 경제적 책임에서 자유롭게 하면서 가족의 생계를 책임질 사람이어야 했어. 그렇다고 내가 경제적인 능력이 없어도 괜찮다고 생각하지는 않았어. 경제적인 능력은 자신 있고, 당당하게 살아갈 힘을 주니까 남성만큼이나 여성에게도 중요하다고 생각했지.

그런데 결혼해서 살아보니 배우자는 능력 못지않게 사람이 착해야 한다는 생각이 들더라. 엄마가 생각하는 착한 사람이란 성격이 좋은 사람, 마음이 따뜻한 사람, 타인을 배려할 줄 아는 사람, 서로의 발전을 위해 격려하고 위로할 줄 아는 사람이란다. 선한 사람만이 서로를 발전시키고, 서로에게 도움이 되고, 서로의 삶을 더욱 충만하게 해주더라. 배우자는 인생의 동반자로서 나의 삶뿐만 아니라 가족 구성원들의 행복까지도 좌우하거든. 그러니 경제적인 능력뿐만 아니라 다른 사람을 배려하고 가진 것을 나눌 줄 아는 따뜻한 마음을 가진 사람이 배우자가 되면 좋겠지. 선함과 능력 둘 다 놓칠 수 없다고 생각해.

한 결혼정보회사에서 실시한 설문조사를 보면 요즘 사람들은 배우자의 성격이나 가치관을 매우 중요하게 생각하는 것으로 나타났단다. 외모나 경제력도 배우자를 볼 때 중요한 요소로 꼽히고 말이야. 요즘 젊은이들도 나와 비슷한 생각인 것 같구나.

너는 어떤 생각이 드니? 아직 배우자 선택까지 생각하기에는 이른 나이일 수도 있겠고, 스무 살인 네가 조급하게 생각할 필요는 없지만, 너의 이성관을 차츰 키워가면 좋겠구나. 네가 어떤 이성에게 호감이 가고, 좋아하게 되는지 생각해 보면 좋겠다. 네가 과거에 좋아했거나 관심이 갔던 이성이 있다면 어떤 사람이었는지도 생각해 보렴. 그리고 현재 사귀는 이성 친구가 있다면 그 친구에 대한 네 생각을 정리해 보는 것도 좋을 것 같아. 아직 사랑이 찾아오기 전이라면 사랑에 필요한 여러 가지 준비를 해보는 것도 좋을 것 같구나. 사랑은 어느 날 갑자기 마음에 찾아온단다. 네가 사랑을 맞이할 준비를 하고 있어야 좋은 사람을 만날 수 있는 거야.

연애 감성을 키울 수 있는 소설이나 영화, 드라마도 보면 좋겠지. 그동안 로맨스에 관심이 없어서 주로 액션이나 스릴러만 보았다면 이제는 아름다운 사랑을 꿈꾸며 로맨스 작품을 만나보는 것도 좋을 것 같구나. 우리 주변에는 사랑을 소재로 한 좋은 볼거리들이 넘쳐나지. 요즘은 넷플릭스, 왓챠, 티빙 같은 매체뿐 아니라 방송국마다 좋은 작품들을 집에서 무료로 관람할 수도 있고, 저렴하게 볼 수 있는 영화와 드라마들이 넘쳐나니까.

엄마가 스무 살 때는 영화관에 가지 않으면 볼 수가 없었거든. 조금 더 시간이 지난 후에 비디오방이 생겨나기 시작했어. 저렴한 가격으로 비디오방에서 영화를 많이 보게 되었는데 기억에 남는 영화가 몇 편 있단다.

고등학교 때 <바람과 함께 사라지다>를 책으로 너무 재미있게 읽었는데, 영화로도 상영되었지. 나의 첫 로맨스 영화란다. 렛 버틀러 역의 클라크 게이블과 스칼렛 오하라 역의 비비안 리가 키스하려는 장면은 엇갈린 마음에서 사랑을 찾아가는 한 컷으로 오래 기억에 남아있어. 대학 때 기억나는 영화는 <사랑과 영혼>이란다. 이 영화는 스크린쿼터제 폐지로 외국에서 우리나라에 들어온 영화 중 대표적인 작품이라고 할 수 있어. 갑작스러운 사고로 연인의 곁을 떠나게 된 '샘(패트릭 스웨이지)'은 애인인 '몰리(데미 무어)'의 곁을 맴돈단다. 하지만 육체가 없는 샘의 존재를 몰리는 알아차리지 못하지. 결국, 다른 영혼의 도움을 받게 된 샘은 자신만의 방식으로 몰리에게 사랑을 전한단다. 사랑이란 무엇이기에 죽어서도 잊지 못하는 것일까? 생각하게 하는 영화란다.

　20대에 보았던 한국 영화 <접속>은 PC통신을 통해 서로에게 호감을 가진 남녀 주인공이 만나는 과정을 그린 영화란다. 20대였던 나도 PC통신을 통한 연애를 꿈꾸었더랬지. <8월의 크리스마스>는 스무 살 여주인공이 시한부 인생을 살아가는 사진관 주인에게 특별한 감정을 갖게 되는 영화란다. <접속>과 <8월의 크리스마스>는 배우 한석규를 좋아해서 몇 번씩 봤던 영화이기도 해. 결혼 이후에 보았던 영화로는 <내 사랑 내 곁에>가 있어. 손가락 하나도 움직일 수 없고, 조금씩 전신이 마비되다가 나중에는 숨통마저 마비시키는 루게릭병을 앓고 있는 종우(김영민)와 그런 남편을 돌보는 장례지도사 지수(하지원)의 사랑을 그린 영화야. 사랑하는 사람이 곁에 있을 때 마음껏 사랑하자는 마음을 갖도록 해준 영화라서 오랫동안 기억에 남는단다.

　영화뿐만 아니라 연애 소설이나 시집도 서점이나 도서관에 가면 넘쳐날 거야. 소설로는 『어린왕자』를 추천한단다. 왕자처럼 정성껏 장미꽃을 피우기 위해 애쓰는 과정에서 사랑을 발견하길 바란다. 『대지』와 『오만과 편견』 같은 명작은 여자 주인공의 감성으로 사랑이란 무엇인지 생각해 볼 수 있는 소설이란다. 시간 내어 읽어 보라고 권하고 싶다.

　엄마가 20대에 읽었던 시집 가운데 『접시꽃 당신』을 특히 좋아했단다. 중학교 국어교사와 암투병을 하다 세상을 떠난 아내를 그리며 쓴 시라고 해서 더 애틋하게 여겨졌던 것 같아.

　언젠가 너에게 찾아올 사랑을 위해 생각과 감성을 키우는 것 못지않게 이성을 사랑하기 위한 용기도 필요하다고 생각해. 시인 김춘수의 '꽃'처럼 네가 그의 이름을 불러주어야 그도 너에게 와서 '꽃'이 될 수 있는 거란다. '용기 있는 자만이 사랑을 쟁취할 수 있다'라는 말이 있듯이 너에게도 사랑이 찾아오거든 머뭇거리지 말거라. 두려워하지도 말고, 당당하고 자신 있게 사랑을 했으면 좋겠다. 네 마음을 표현해서 상대방도 좋다고 하면 서로 예쁜 사랑을 하면 돼. 상대방이 싫다고 하면 어쩔 수 없지만, 용기를 내렴. 거절에 대한 두려움으로 자존심을 내세우느라 망설이지 않았으면 좋겠구나. 헤어질 것이 두려워 머뭇거리지 말고, 상처받을 것이 두려워 눈 감지 말며, 헛된 자존심으로 벽을 쌓지 않기를 바란단다. 사랑하는 사람이 생기면 서로를 존중하고 배려하는 마음을 꼭 가졌으면 좋겠다. 항상 사람을 진실하게 대하고 마음을 다하기 바란다.

　사회적 이슈로 자주 등장하는 데이트 폭력과는 단호하게 결별했으면 한다. 사랑이란 상대방을 강제해서 되는 일이 아니거든. 나의 따뜻한 사랑이 상대방과 연결되어 사랑이 차고 넘쳐서 서로의 마음에 와닿는 거란다. 만일 네가 마음을 다했는데, 그가 떠나간다면 그것은 운명이라고 받아들이렴. 떠나는 사랑은 떠나보내야 새로운 사랑이 찾아온단다.

그래도 항상 더 많이 사랑하고 더 많이 노력했으면 좋겠다. 그래야 사랑이 충만한 삶을 살아갈 수 있어. 물이 높은 곳에서 낮은 곳으로 흘러가듯 사랑도 자연스럽게 차고 넘쳐흐르는 것이란다. 넘쳐흐르는 사랑으로 서로가 서로에게 눈이 가고, 마음이 이끌려 사랑을 하게 되는 거야. 그 사랑은 운명 같은 인연으로 이어지겠지. 좋은 사람을 만나서 사랑을 하는 것은 인생에서 가장 큰 축복인 거지. 인연의 결실로 평생 함께 할 수 있다면 더없이 행복한 일이란다. 언젠가 찾아올 너의 충만한 사랑을 기원한다.

제3장

매일 행복해지고 싶은
너에게

알면서도 지켜지지
않는 것들

엄마는 20대 중반까지 아파본 적이 거의 없단다. 중학교 때 팥떡 먹고 체했던 기억 외에 아픈 기억이 없을 정도란다. 감기 한번 걸리지 않는 건강한 사람이었어.

직장에 다니면서부터 조금씩 아프기 시작하더라. 대학병원에서 일할 때 3교대 근무를 하면서 불규칙한 생활을 할 수밖에 없었거든. 매월 근무표가 나오는데, 하루는 아침 7시까지 출근했다가 다음 날은 오후 3시까지 출근을 하고, 또 어떤 날은 밤 10시까지 출근을 하는 식이었어. 연속해서 같은 근무를 하는 때도 있지만, 2~3일에 한번은 근무 시간대가 바뀌었지. 불규칙한 근무 시간으로 인해 일상생활뿐 아니라 생활 리듬도 바뀌었단다. 특히 밤 근무를 연속 3일 하고 나면 낮과 밤이 바뀌어버리거든. 밤 근무하는 날은 밤에는 일하고,

낮엔 잠을 자야 해. 그런데 낮에 자는 잠은 아무리 많이 자더라도 피로가 풀리지 않더라. 낮에는 주위가 밝고 소란하니까 숙면을 하기 어렵더라고. 게다가 직장에서 모임이라도 있는 날에는 아침 9시에 퇴근해서 오후 4시까지 다시 병원에 나가봐야 했어. 10시부터 자기 시작한다고 해도 5시간 정도밖에 잘 수 없게 되는 거지. 밤 근무를 연속 3일 하고, 하루를 채 쉬지 못한 다음 날 아침 7시에 출근해야 하는 때도 있었어. 그런 날은 근무가 무척 힘들었어.

수면시간이 불규칙하니, 식습관도 불규칙해지더라. 밤 근무가 끝나면 아침 식사를 9~10시쯤 먹고 바로 잠이 들었어. 가끔 언니 집에 가면, 형부가 밥 먹고 바로 자면 안 된다며 두 시간은 지난 후에 자야 된다고 말했지만, 밤새워 일하고 왔으니 지쳐 쓰러져 자기 바빴지. 소화될 때까지 두 시간을 깨어 있다는 게 거의 불가능한 일이었어.

아침 7시까지 출근해야 할 때는 아침 6시에 일어나기도 바빠서 아침밥을 먹지 못할 때가 많았어. 그래도 밥심으로 사는 사람인지라 가능하면 꼬박꼬박 챙겨 먹으려고 했는데, 불규칙한 식습관은 극복이 안 되더구나.

하루 세끼 다 먹은 날이 별로 없었어. 아침 일찍 출근해야 할 때는 바빠서 건너뛰고, 오후에 늦게 출근할 때는 자느라 건너뛰었어. 밤 근무 때는 잠에 취해 있거나 야식으로 하루 식사를 대신하기도 했단다. 하루 한 끼라도 먹으면 다행인 날도 많았어. 응급환자라도 생기면 병원에서 겨우 먹는 한 끼니도 제대로 먹지 못했단다. 환자를 보면서 밥을 먹기 때문에 빨리 먹는 습관도 생겼지. 간호사들이 밥 먹는 시간은 보통 10분을 넘지 않는단다. 게다가 병원 일은 육체적으로뿐만 아니라 정신적으로 스트레스가 많은 직업이야. 사소한 실수도 환자에게 직접적인 피해를 주기 때문에 일을 하면서 긴장을 많이 할 수밖에 없단다. 식사를 해도 소화가 되지 않을 때가 많았지.

처음 몇 년은 젊어서 그런지 힘들어도 힘든 줄 모르고 지냈어. 불규칙한 생활을 3~4년 하고 나니 몸에 이상이 오기 시작하더구나. 속이 쓰리기 시작했어. 한동안 위궤양과 역류성 식도염으로 고생을 했지. 위장병과 함께 어깨 근육은 항상 뭉쳐 있었단다. 가끔은 뭉친 근육이 여기저기 돌아다니는 통에 담에 걸려 통증으로 힘들기도 했단다. 병원에서 치료를 받아도 회복이 되지 않더구나. 완전히 직업병이 생겨버린 셈이지.

운동이라도 해야겠다고 마음먹었단다. 볼링이랑 수영을 등록했지. 그런데 불규칙한 생활 때문에 한 달에 열흘도 제대로 못 다니게 되더라. 아무리 내 의지가 강하다 해도 불규칙한 생활을 당해낼 순 없더구나.

직장생활 6년 만에 갑상선에 혹이 생겼어. 그 후 4년이 지나고 갑상선 암으로 수술하게 되었단다. 갑상선 수술로 인해서 갑상선 호르몬이 분비되지 않아서 평생 갑상선 호르몬 약을 먹고 살게 되었지. 극심한 피로감을 느끼고, 쉽게 추위를 타는 체질로 바뀌었어. 조금만 움직여도 금방 피로해지고, 피로를 회복하는 데 시간도 한참 걸리게 되었단다. 조금만 추위를 느낀다 싶으면 곧 극심한 추위로 견딜 수 없는 몸 상태가 되기도 했어. 담당 의사는 수술 후 약을 먹으면 괜찮다고 했는데 내 경우에는 피로감이나 체온조절의 어려움으로 일상생활이 힘들어지더라. 수술하고 10년 정도 지나고서야 조금씩 적응이 되더구나.

　건강은 한 번 잃으면 회복하기가 쉽지 않단다. 건강을 잃으면 몸뿐만 아니라 삶도 완전히 바뀌게 될 수 있어. 특히 건강을 잃으면 이루고 싶은 꿈을 이루어낼 수가 없어. 꿈을 포기하고, 일상에서도 포기해야 하는 것들이 많아진단다. 그러니 스무 살부터는 건강을 지키는 일에 신경을 쓰도록 하렴. 몸이 보내는 작은 신호를 무시하지 말고, 주의 깊게 살피면서 건강을 챙기는 일에 관심을 갖길 바란다.

　너는 고등학생과 재수 시절에 자주 아프곤 했어. 시험이나 입시에 대한 스트레스 때문이었지. 머리도 아프고, 소화도 안 되고, 가스도 차면서 배가 아프다고 하거나 어깨와 등에 근육이 뭉쳐 통증을 호소하기도 했어. 몸을 돌봐야 한다는 걸 알면서도 입시 준비로 건강을 챙기지 못했던 거지. 공부할 시간도 부족하니 몸이 보내는 위험 신호를 다스릴 여유가 없었을 거야. 내가 너를 보살피는 게 조금은 도움이 되었겠지만, 한계가 있었지. 모든 입시가 끝나고 네 가방에서 약봉지가 열 봉지나 쏟아져 나오더구나. 부족한 체력과 스트레스로 얼마나 힘이 들었니. 고생 많았다. 토닥토닥.

이제는 입시도 끝나고 여유도 생겼으니, 건강을 챙기는 일부터 해 보자. 특히 몸이 아프다는 신호를 보내면 바로 병원에 가야 한단다. 건강하다고 해도 정기적인 건강검진은 필요하단다. 몸이 보내는 신호는 무시하고 병을 키운 사람들을 엄마는 많이 봐 왔지. 사람들이 자기 몸에 대해 예민하게 반응했으면 좋겠다고 늘 생각했었어. 식습관과 수면 습관, 혹은 일하거나 공부할 때 자세, 운동 습관을 점검해 보렴. 작은 병은 조금만 신경 쓰면 쉽게 회복되지만, 큰 병이 찾아오면 회복하기가 쉽지 않단다. 건강은 건강할 때 지켜야 한다는 것쯤은 너도 알고 있을 거야. 이제는 스스로를 되돌아보고, 건강한 습관을 가져 봤으면 좋겠구나.

알면서도 잘 안 되는 것이 건강한 습관 만들기란다. 특히 20대에 건강한 습관을 갖는 것은 쉽지 않단다. 나이가 젊고, 건강할 때는 건강의 필요성을 전혀 느끼지 못하기 때문이지. 엄마가 20대에 그랬던 것처럼 아파도 금방 회복되니까 건강에 자만심이 생길 수 있어. 너도 지금은 이 말들이 귀에 들어오지 않을 거야. 그저 잔소리로 여겨지겠지. '누워서 책 보지 마라, 자세 바르게 하고 컴퓨터 해라, 밥 제때 잘 챙겨 먹어라, 밥 먹고 바로 눕지 마라, 일찍 자라, 운동해라.' 수도 없이 들은 엄마의 잔소리가 이제 귀에 딱지처럼 앉아있을 거야.

그래도 계속 이야기할 생각이란다. "건강이 제일이다. 건강은 건강할 때 지켜야 한다."라고 말이야. 건강을 잃고 나면 늦기 때문이야. 건강을 잃으면 뜻을 이룰 수 없으니까. 건강 문제로 일상이 한번 무너지면 회복하기가 어렵거든.

젊었을 때 건강하다가도 나이를 먹으면서 작은 균열이 생기면 쉽게 질병을 얻게 된단다. 건강을 잃는 것은 순간이고, 병은 예고 없이 찾아오는 법이야. 질병은 나이를 가리지 않고, 시도 때도 없이 찾아오기에 한 살이라도 젊었을 때 건강을 챙기는 것이 중요하단다. 귀찮고 게으름이 찾아올 때 엄마의 잔소리를 응원 삼아서 건강을 챙겨 보자꾸나.

누가 뭐라 해도
자신을 사랑하자

톨스토이가 말했어.

"세상에서 가장 중요한 때는 바로 지금 이 순간이고, 가장 중요한 사람은 지금 내 곁에 있는 사람이고, 가장 중요한 일은 지금 내 곁에 있는 사람을 위해 좋은 일을 하는 것이다."

엄마가 네게 늘 말했지. "세상에서 가장 중요한 때는 바로 지금, 가장 중요한 사람은 자신이다."라고 말이야. 그 누구보다 네 자신을 사랑하라고 자주 말하곤 했어. 내가 하는 말이 다른 사람을 무시하거나 업신여겨도 좋다는 말이 아니라는 것쯤은 잘 알 거야. 자신을 사랑할 줄 아는 사람이 타인도 사랑할 줄 안단다. 자신을 사랑할 수 있어야 다른 사람도 소중하게 여길 줄 알고 좋은 일도 할 수 있는 거란다.

그리스 신화에 나오는 나르시스는 매우 잘생긴 목동이었어. 여러 요정들로부터 구애를 받았지만 나르시스는 아무도 사랑하지 않았어. 나르시스는 물속에 비친 자신의 모습을 보며 사랑에 빠졌지. 물에 비친 모습이 자신이라고는 미처 생각하지 못한 거야. 세상에서 처음 보는 아름다운 모습과 깊은 사랑에 빠진 나르시스는 결국 그 모습을 따라 물속으로 들어가 숨을 거두고 말았어.

엄마가 말하는 '자기를 사랑하는 것'은 아무도 사랑하지 못한 나르시스 같은 사람을 말하는 것이 아니라는 거 알지? 나를 귀하게 여기고, 나를 사랑하는 것이 바탕이 되어야 넉넉하게 타인을 배려하고, 아끼며 사랑할 수 있다는 의미야. 자신을 아끼고 사랑해야 인생을 풍요롭고 행복하게 살 수 있으니까.

엄마가 20대 때는 나만을 생각한다는 게 이기적이고, 나쁜 거라는 교육을 받았어. 전체를 위해 개인은 희생되어도 괜찮다는 분위기였단다. 나보다 부모와 가족을 먼저 생각하고, 사회를 생각하며 사는 것을 당연하다고 여겼었어. 자기만 생각하는 사람은 이기주의자라며 사람들로부터 지탄을 받았지. 이타주의로 사는 사람만이 올바르게 살아가는 것이라고 여겼어. 개인을 소중하게 여기는 개인주의는 이기주의의 또 다른 이름이라며 비난을 받기도 했단다.

4.19 혁명 기념행사에 참여하기 위해 학과 전체가 수업을 거부

하고, 한 사람도 빠지지 않고 기념식에 참석해야 했단다. 만일 개인사정이 있거나 수업을 거부하는 일에 반대한다면 친구들로부터 개인주의자라고 비난받았어. 이런 분위기 속에서 내가 나를 사랑하고 나를 생각하는 일은 쉽지 않았단다.

20대의 나는 나를 사랑하는 법을 몰랐어. 나는 어떤 사람인지, 나는 무엇을 좋아하는지도 잘 몰랐어. 사회라는 큰 틀에 갇혀서 옳다는 당위성만 가지고 살았지. 그때는 그것이 전부라고 생각했으니까. 개인을 존중하기보다 집단을 앞세웠던 80년대 사회의 단면이기도 하지.

엄마가 20대 때 자신을 사랑하지 못했던 건 사회적인 측면 이외에 개인적인 특성도 한몫했던 것 같아. 나의 20대를 돌이켜보면 나의 모습을 진지하게 바라보는 걸 두려워했던 것 같아. 스무 살 때는 자존심을 지키기 위해 많은 에너지를 쏟았거든. 예를 들면, 시골집에 방문할 때마다 어머니와 다투고 돌아왔어. 어머니에게 심한 말을 듣고 울기도 많이 울었어. 다시는 시골집에 가지 않겠노라 다짐한 날이 많았지. 어머니와 다투고 난 다음 날, 학교에 가면 오히려 더 밝게 친구들과 인사하고, 더 많이 웃고, 더 많이 말을 하곤 했단다.

짝사랑하는 사람이 있었는데, 그런 내 마음을 인정하지 않았어. 거절이 두려워서 차마 내 입으로 "나 너 좋아해."라고 말을 하지 못했던 거야. 내가 상대방보다 더 좋아한다는 것 자체를 받아들이지 않고 자존심 상해했었어. 단 한 번의 거절에도 나 자신을 창피하게 여겼지. 오빠들로부터 "너는 애교도 없고, 여자답지도 않고, 선머슴처럼 하고 다니냐?"라며 여자로서 볼품없다는 이야기를 많이 들었어. 스스로 예쁘지도 않고 매력도 없고 남자들에게 인기가 없다고 생각했단다.

지식이 부족한 것에 대해서도 부끄러워했어. 아는 것도 적고, 다른 사람을 잘 설득할 줄도 몰랐으니까. 이제 막 사회의 현실에 눈을 뜨기 시작한 건데도 친구랑 계속 비교하면서 많이 알지 못하는 것을 부끄럽게 생각했단다. '나는 왜 이것밖에 되지 않을까?'라며 나를 책망하곤 했지.

그러면서도 부정적인 상황이나 감정을 드러내는 일은 최대한 감추려 했어. 아파도 안 아픈 척, 힘들어도 아무렇지 않은 척, 우울하고 슬퍼도 괜찮은 척을 했어. 화가 나는 일이 있어도 아닌 척했단다. 좋아하는 사람 앞에서도 아닌 척했어. 인정받고 싶고, 사랑받고 싶으면서 그렇지 않은 척한 거야. 잘난 것 하나 없이 잘난 척을 했고, 가난하지만 넉넉한 척했고, 아는 것이 없어도 많이 아는 척을 했단다.

20대인 지금 너는 어떠니? 너도 엄마처럼 너를 감추기 위해 애쓰고 있니? 힘든데 힘들지 않다며 자기 최면을 넘어 자신을 속여 가면서 담금질하고 있는 건 아닌지 모르겠구나. '나는 보잘것없다, 나는 매력이 없다, 뚱뚱하다, 같은 실수를 반복하는 내가 싫다.'라고 생각하고 있는 것은 아니니? 무슨 일을 하든지 남의 눈치를 보고, 일이 잘 안 될 것 같아 늘 불안해하는 건 아닌지 모르겠구나. 자신의 실패를 주변 사람들이 비웃는 것 같아 부끄럽고 창피한 마음에 어디론가 사라지고 싶다고 생각하고 있을지도 모르겠다.

나의 20대처럼 주위의 시선을 의식하고, 주변의 평가가 전부인 것처럼 자신의 중요한 순간을 결정하고 있다면 이제는 스스로를 돌아보았으면 좋겠구나.

남의 시선 따위 전혀 신경 쓰지 않는다고 말하는 사람도 있지만, 많은 이들이 적당히 남의 눈치를 보고, 남의 인정을 받으려고 하며, 다른 사람의 사랑을 받고 싶어한단다. 인간이 가지는 인정에 대한 욕구는 사회적 존재로서 당연한 욕심일 수도 있거든.

사람들은 적당히 이기적이고, 적당히 이타적인 삶을 살아가. 적당히 개인적이면서도 적당히 집단에 맞춰서 살아가기도 하지. 완전히 이기적이기만 하고 완전히 이타적인 삶을 살아가는 사람도 없고, 완전히 개인주의적이거나 완전히 전체주의적으로 살아가는 사람도 없어. 사회적 존재로서 이타주의나 집단주의도 필요하지만, 적당한 이기주의와 개인주의도 필요하단다.

만일 네가 남을 신경 쓰느라 네 마음이 괴롭고 힘들다면 네 자신에 대해서 생각해 봐야 해. 내가 아니라 타인이 중심축이 되는 삶이란 '자신'은 없는 삶을 사는 것이란다. 언젠가는 쉽게 부서지고, 무너질 성을 쌓는 것과 같아. 그러니 이제는 '자신'을 중심에 놓고, '자신'을 생각하고, '자신'이 원하는 것이 무엇인지 생각해야 한단다. '나'를 사랑하는 법을 배우고 익혀서 '나'의 삶을 살아야 해. 누가 뭐라 해도 자기 자신만은 자기를 사랑하는 방법을 찾아야 한단다. 그래야 진정 행복한 삶을 살 수 있기 때문이란다.

　자기를 사랑하는 방법으로 첫째, 남과 자신을 비교하는 일을 하지 않았으면 좋겠어. 남보다 부족한 학벌, 남보다 못한 성적, 남보다 적은 연봉, 남보다 작은 집, 남보다 못한 외모… 끊임없이 남과 비교하면서 자신을 학대하거나 자기를 비하하며 괴로워하지 않기를 바란다. 남과 비교하여 얻은 우월감과 남의 불행을 보면서 기쁨을 찾는다면 만족한 삶을 살 수 없어. 언제나 나보다 나은 사람은 존재하기 마련이거든. 남과 끊임없이 경쟁하고, 시기심과 질투심만 가지고는 불행해질 뿐이야. 그러니 남과 비교하지 말고 어제보다 나아진 자신을 보며 스스로에게 만족을 얻었으면 좋겠구나. 결과가 좋지 않더라도 과정을 볼 줄 알고, 자신의 성장을 볼 수 있다면 행복한 삶을 살 수 있단다.

두 번째로는 자기 자신을 있는 그대로 존중하고 인정할 줄 알았으면 좋겠다. 자신의 실패를 인정할 줄 알고, 자신의 장점뿐 아니라 단점까지도 받아들일 줄 아는 태도가 진정 자신을 사랑하는 방법이란다. 인생은 늘 기쁜 일과 슬픈 일이 왔다 갔다 하거든. 사람은 누구나 완벽하지 않고, 누구에게나 장점과 단점이 있단다.

세 번째로 자신의 감정에 솔직해지자. 자기 감정에 솔직해야 타인에게 자신을 적절히 표현할 수 있단다. 남의 눈치 보고, 남의 기분에 자신을 맞추느라 정작 본인을 살피지 못하면 타인과의 문제, 자신에게 닥친 어려운 문제를 잘 풀어가기 어려워. 자신의 기쁨, 즐거움, 행복 같은 긍정적인 감정뿐만 아니라 슬픔, 외로움, 괴로움 같은 부정적인 감정도 소중하단다. 자신의 감정을 자꾸 억누르다 보면 뜻하지 않는 상황이나 장소에서 폭발해버리기 때문에 일을 그르치기도 하거든. 그러니 자신의 감정을 솔직하게 인정하되 타인에게도 적절하게 표현하는 연습을 하기 바란다.

무조건 자신을 사랑하자. 자신을 사랑한다는 것은 자신의 장점만을 사랑하는 것은 아니란다. 이러저러한 단점이 많지만, 그럼에도 불구하고 자신을 사랑하는 것이란다. 가끔은 나쁜 생각과 나쁜 행동을 하지만, 그럼에도 나를 존중하는 것이란다. 수많은 실수와 오류를 범하지만, 그런 자신도 사랑할 줄 아는 거야. 누가 뭐라 해도 너는 너 자신을 사랑하는 게 중요해. 자신을 사랑하는 힘으로 가족을 사랑하고, 친구를 사랑하고, 이웃과 더불어서 살아가는 것이란다.

그 누구보다 자기 자신을 사랑하길 바란다. 자기를 사랑하는 방법으로 '매일 한 가지씩 자신을 칭찬하기. 일주일에 한 번은 자신만을 위한 시간 갖기. 한 달에 한 번은 애쓴 자신에게 선물하기.' 지금부터 실천해 보렴. 자신을 칭찬하는 행동을 자주 하다 보면 자신을 사랑하는 일도 익숙해질 테니까.

조금 쉬어가도
괜찮아

대학 입시를 준비하던 고등학교 때는 쉬고 싶어도 쉴 수가 없었지. 늘 시간에 쫓겼잖아. 학교 수업 들으랴, 수행평가 준비하랴, 학원 다니랴, 숙제하랴, 봉사 활동하랴. 몸이 열 개라도 모자랐었지. 공부할 시간과 잠잘 시간도 부족한데 휴식이란 상상하기도 어려웠을 거야. 너는 수능 끝나면 하고 싶은 일을 벽에 붙여놓았었지. 벽에 붙은 '버킷리스트'는 휴식하면서 네가 하고 싶은 일들일 거야. 그런데 막상 수능이 끝나고 나니 아무것도 할 수 없었던 것을 기억하지. 수능이 끝나면 하고 싶은 일이 많았을 텐데 몇 날 며칠 잠만 자더구나. 너에게 정말 휴식이 필요한 때라는 걸 느낄 수 있었단다.

휴식이란 바쁘게 하던 활동을 잠시 멈추는 거야. 잠을 잘 수도 있고, 침대에 누워서 뒹굴뒹굴하는 일일 수도 있고, 여행일 수도 있겠지. 때로는 다니던 학교나 직장을 그만두고 쉬어가는 일이 될 수도 있을 거야. 휴식을 통해 신체적·정신적 피로를 풀고, 체력과 기력을 증진시킬 수 있는 거란다. 휴식이라는 건 아무것도 하지 않는 걸 말하는 게 아니라 활동을 위해 필요한 에너지를 충전하는 행위를 의미한단다. 그동안 받았던 스트레스를 풀고, 과도한 긴장으로 인해 몸과 마음의 불균형을 균형으로 맞춰가는 것이지. 몸과 마음의 균형이 깨졌을 때가 휴식이 필요할 때야.

스무 살이었던 엄마에게 휴식이란 며칠씩 책을 읽는 거였어. 방한 칸짜리 자취방에 누워서 밖에 나가지 않고, 아무도 만나지 않고, 오로지 책만 읽었어. 그 누구에게도 방해받지 않는 시간을 가졌지. 잠자는 시간도 줄이고, 밥 먹는 것도 잊었고, 모든 활동을 최소화했어. 내가 가진 에너지를 오로지 책 읽는 데만 쏟았단다. 책에 파묻혀 일주일 정도 지내면 약간 지루해지기 시작해. 그러면 라디오를 켰어. 텔레비전이 없었기 때문에 세상과 소통하는 유일한 창구가 라디오였어. 지금은 스마트폰이 있으니 영화도 보고 음악도 듣고, 영상을 보거나 뉴스를 볼 수 있지만, 1988년에는 세상과 소통하는 방법이 그리 많지 않았단다. 친구들과 연락할 땐 편지를 써 보내고, 주인집에 있는 전화기나 공중전화기에 의존해야 했어.

그리고 책 이외의 또 다른 휴식은 음악이었단다. 라디오를 통해 흘러나오는 음악을 듣거나 카세트테이프에 노래를 녹음해서 듣기도 했단다. 잘 치지 못하는 기타를 튕기면서 신나게 노래를 부르기도 했지. 담장 밖으로 노랫소리가 흘러나가는 것도 부끄러워하지 않았던 시절이야. 지금이라면 소음공해로 다툼이 생길지도 모르겠지만, 그때는 애교 정도로 봐줬던 것 같아. 가난한 대학생인 내게 책과 음악이 주는 휴식은 저렴하게 얻을 수 있는 최고의 선물이었단다.

20대 때는 잠깐의 휴식으로도 정신적·육체적 피로가 쉽게 해소되었어. 그래서였을까 휴식을 갖는 것보다 매일 열심히 최선을 다해 사는 게 더 중요하다고 생각했어. 나를 위해서 애써주시는 부모님을 보며 그렇게 생각했고, 앞서 산 선구자들을 본받아 세상을 위해 좋은 일을 하고 싶었단다. 윤동주 시인의 <서시>에 나오는 것처럼 죽는 날까지 하늘을 우러러 한 점 부끄럼 없이 살고자 했어. 시간을 항상 의미 있게 보내려고 애썼지. 최선을 다해서 하루하루를 사는 것이 삶의 목표였단다. 게으름은 그 무엇보다 경계해야 할 대상이었지.

그래서 휴식하는 시간을 아깝게 여겼단다. 특히 빈둥거리고, 그저 흘러가는 시간에 몸을 맡기는 것은 시간을 죽이는 행위라고 생각했거든. 의미 없고 가치 없다고 여기는 일에 시간을 들이는 것만큼 쓸모없는 건 없다고 생각했지. 아무런 목적 없이 하루를 사는 건 나에게 죄를 짓는 일이라 여기기도 했단다.

쉰 살이 넘은 지금에서야 아무것도 하지 않은 시간이 나에게 필요하다는 것을 알게 되었단다. 충분한 휴식이 정말 필요한 시기가 있다는 걸 인정하게 된 거야. 쉼 없이 달리는 것보다 휴식을 통해 얻는 효과가 더 많다는 것을 깨달은 거지.

대학병원을 그만두고 몇 개월 쉰 다음, 또다시 경제 활동을 이어나갔어. 나이가 젊고, 일할 의지도 있으니 당연히 일해야 한다고 생각했거든. 가르쳐야 할 자녀도 있고, 갚아야 할 대출금도 있었으니까. 네 아빠가 직장을 다니고 있었지만, 미래가 어떻게 될지 모르는 상황이라 엄마도 경제 활동을 그만둘 수는 없었지. 직장 생활로 지친 상태였기에 휴식이 필요하다고 생각하면서도 쉴 줄을 몰랐단다.

얼마 전, 다니던 직장을 퇴사하고 하루도 안 되어 심심함에 몸서리를 쳤지. 한나절 이불 속에 누워있다가 자리를 박차고 일어나서 "아휴! 심심해. 이렇게 심심한데 어떻게 집에 있나?"라고 말했더니 네가 그랬지. "엄마는 왜 쉬지를 못해. 그동안 고생했으니 이제 좀 쉬세요." 그렇게 말해주는 네가 고마우면서도 쉬지 못하겠더구나. 일주일을 채 쉬지 않고 다시 새로운 직장을 찾았으니 말이야.

휴식이 필요하다는 것을 알면서도 조급하게 다시 직장생활을 시작했더니 부작용이 나타나더구나. 한동안은 아무것도 하기 싫고 의욕도 생기지 않더라. 예전에 다니던 직장에 비해 훨씬 쉬운 일인데도 출근하기가 싫어졌어. 잠을 아무리 많이 자도 몸이 개운하지 않았지. 바쁘고 힘든 직장생활에도 빠지지 않던 운동을 점점 빠지게 되더라. 충분히 쉬지 못하니 의욕이 사라지고, 몸에 피로를 달고 살게 된 거였어. 몸과 마음에 휴식이 더 필요했음을 그제야 느꼈단다. 서둘러 휴식을 중단하기보다 쉬고 싶을 만큼 충분히 쉬고 나면 어느 순간 새로운 활력을 찾았을 텐데, 엄마가 너무 성급했던 거지.

휴식이 필요하다는 것을 알면서도 쉬지 못하는 이유를 생각해 봤어. 앞에서 말한 것처럼 열심히 사는 것이 가치관이다 보니 게으른 일상을 참지 못했던 것 같아. 성격상 부지런히 몸을 움직여야 했는지도 몰라.

미래에 대한 막연한 불안감에 쫓겨서 일을 찾은 것 같기도 해. 힘든 직장생활을 참아내며 고생하는 남편과 열심히 공부하는 아이들에 대한 미안함과 죄책감도 있었지. 다만 얼마라도 벌어서 빠듯한 현실을 벗어나려는 내 조급증 때문이었는지도 몰라. 휴식을 통해서 나를 돌아보고 가진 능력을 새롭게 계발하려는 노력을 기울일 용기가 없었고, 나약한 내 모습을 들여다보는 것이 두려워서 회피하고 있었단다.

휴식하지 못하는 내 마음을 찬찬히 들여다보니 휴식이 주는 긍정성에 대해 더 생각해 보게 되더구나. 사람이 살다 보면 자신이 가진 능력이나 힘보다, 더 많은 에너지를 소비하고 살게 될 때가 있어. 자신이 좋아하는 일은 아니지만 필요한 일을 해야 할 때도 있지. 특성이나 성격에 맞지 않는 일을 해야만 할 때도 있단다. 때로는 자신에게 맞는 일이라 생각하고 덤벼들었는데, 일을 진행하다 보니 생각했던 거랑 다를 수도 있지. 혹은 일은 자신에게 맞는데 주변 환경이나 업무 시스템, 함께 일하는 동료랑 맞지 않아 갈등이 생길 수도 있을 거야. 작은 갈등이야 금방 회복할 수 있지만, 시간이 길어지고 갈등이 깊어지면 자신의 몸과 마음이 상하기도 한단다. 이럴 때 휴식이 필요한 거야. 가끔은 짧은 휴식이 아니라 긴 휴식이 필요하기도 하지. 다른 사람보다 훨씬 많은 시간이 필요할 수도 있는 거란다.

아마 너에게도 그런 충분한 휴식이 필요할 때가 올 거야. 수능 후에 너처럼 말이야. 어떤 일에 많은 에너지를 쏟고 나면 에너지를 보충할 시간이 필요해. 어떤 사람에게는 하룻밤이면 거뜬한데, 나에게는 한 달 이상이 필요할 수도 있어. 등딱지를 바닥에 딱 붙이고 몇 날 며칠을 잠 속에 빠져 있어도 해결되지 않을 때도 있단다.

휴식의 시간이나 방법은 정해진 게 없어. 자신이 정하면 되는 거야. 자신의 몸과 마음, 상황에 맞춰서 말이야. 한꺼번에 몰아서 쉬어도 괜찮아. 몰아서 쉬는 것이 휴식의 질을 높이는 방법이 될 수도 있거든. 일상에서 소소한 시간을 통해 휴식을 취하는 방법도 있어. 요즘은 소확행(소소하고 확실한 행복)을 통해 휴식을 가지는 사람도 많더라. 남이 정해놓은 휴식 시간은 중요치 않아. 내 마음이 이만하면 충분하다고 허락할 때까지 쉬면 되는 거야.

휴식의 방법도 내가 정하면 되는 거야. 독서일 수도 있고 음악이나 맛있는 음식, 운동, 산책일 수도 있어. 영화나 드라마가 될 수도 있겠지. 기분 전환에 도움이 되는 영화나 드라마에서 카타르시스를 느끼기도 한단다. 쇼핑을 통해 충족감을 맛볼 수도 있고, 콘서트에 가서 활력을 찾을 수도 있어. 어디로든 여행을 갈 수도 있지. 일상을 탈출하는 여행을 통해 보지 못했던 것을 볼 수도 있단다. 나와 다르게 살아가는 사람들의 모습, 내가 살던 곳과 다른 자연환경을 보면서 삶의 여유를 가져보는 거지.

휴식할 때는 혼자여도 괜찮고 누군가와 함께라도 상관없어. 내 마음을 편안하게 할 수 있고 피로를 풀 수 있으면 되는 거야. 휴식 시간을 함께 보낼 사람이 있다면 외롭지 않아서 좋을 거야. 함께 나누는 대화가 편안함을 줄 수도 있고, 자신과 다른 의견이나 관점, 질문을 통해 해결책을 찾을 수 있거든. 혼자라면 바쁜 일상에서 생각하지 못한 부분을 떠올릴 수 있겠지. 그간 미처 보지 못했던 것들이 눈에 들어오기도 한단다. 마음 밖으로 밀어두었던 상념과 감정들이 가슴에 들어차기도 할 거야. 고이 접어 두었던 일들을 다시 펼쳐보면서 재해석해보고, 객관적인 눈으로 바라볼 수 있는 시간이 되기도 하지.

휴식을 위해 반드시 계획을 세울 필요는 없어. 아무것도 하고 싶지 않다면 그 시간을 충분히 즐기면 된단다. 그저 빈둥거리는 모습을 남들이 하찮게 여긴다 한들 신경 쓸 필요 없어. 친구들은 아르바이트다, 자격증 시험이다, 바쁘게 지내겠지만 그런 일에 현혹되지 않기를 바란다. 너는 지금 새로운 출발을 위한 위대한 기다림을 하고 있을 뿐이니까. 행여 엄마의 잔소리가 날아오더라도 신경 쓰지 않아도 돼. 대신 당당히 말하자.

"나는 지금 위대한 휴식 중이야."

남은 시간을 무엇으로
채울지 고민하렴

우리는 언젠가 죽음을 맞이하게
된단다. 삶과 죽음의 경계는 백지 한 장이라고도 하더구나. 종교
가 있는 사람은 영생을 꿈꾸지만, 현재의 삶이 중요하지 않은 것은
아니야. 종교가 없는 이는 현재가 삶의 전부지. 너도 한 번쯤은 죽
음에 대해서 생각해 보았을 거야. 죽으면 어떻게 되는지, 죽는다는
것이 무엇인지. 삶만큼이나 죽음의 문제도 중요하단다. 우리에게
삶이 의미가 있는 것은 아마도 죽음이 있기 때문일 거야. 삶이 유
한(有限)하기 때문에 살아가는 동안 고민도 하고, 애쓰면서 살기
도 하는 거지. 영원한 삶을 산다면 우리가 열심히 살아야 할 이유
도 사라져버릴 테니까.

처음 죽음을 접한 건 다섯 살쯤이었어. 죽음이 무엇인지도 몰랐고, 슬픔도 몰랐단다. 작은 시골 마을 우물가 옆집에 사시던 할머니가 돌아가셨단다. 할머니는 나를 무척 예뻐해 주셨지. 스무 명 남짓한 동네 청년들이 어깨에 꽃가마를 멨고, 가마채 위에는 소리꾼이 탔어. 소리꾼의 상여소리는 저승문을 열어주고 살아 있는 사람들을 위로했지. 꽃상여 앞에는 만장이 휘날렸고, 뒤로는 상주들이 지팡이를 짚고 따라가며 곡소리를 냈어. 동네 어른들과 꼬마들이 그 뒤를 따랐지. 죽음이 무엇인지도 모르는 동네 꼬마 녀석들에게는 평소에 보지 못하는 일들이라 신기한 구경거리였고, 사람들이 많이 모여 있으니 신이 나서 천방지축으로 뛰어다녔단다.

간호사로 일하면서 죽음을 직접 목격할 때가 많았어. 병원에 입사한 지 얼마 안 되었을 때 소아과에서 잠시 근무했는데, 열 살 남짓한 남자아이가 있었어. 신장 질환을 앓고 있었고, 말도 잘하고 침대 위를 폴짝폴짝 뛰면서 잘 놀았지. 내가 근무하던 낮에 갑자기 심장마비가 온 거야. 응급 처치를 했는데 죽음을 막지는 못했단다. 응급실에서 근무할 때는 많은 사건 사고를 지켜보기도 했어. 어느 날, 20대 여성 환자가 응급실로 실려 왔어. 남자친구와 함께 오토바이를 타고 가다가 교통사고가 난 거야. 교통사고가 나자마자 응급실에 도착했는데 남자친구는 이미 숨을 거둔 뒤였어. 또 어느 날은 40대쯤 되는 남성 환자가 응급실에 실려 왔어. 영화관에서 일하시던 분이었는데, 일하는 도중에 30cm 정도의 영사기 판이 튀어 머리와 얼굴에 박혀 있더구나. 환자는 묻는 말에 대답도 잘하고, 의식도 멀쩡했어. 환자를 응급실 카트에 눕히고, 혈압을 재고, 수액을 달고, 혈액검사를 했는데 5분도 채 지나기 전에 환자 의식이 떨어지기 시작하더라. 급하게 응급카트를 밀고 수술실로 들어갔지만, 환자는 수술을 마치지 못하고 사망했단다.

또 기억나는 환자는 80대 남성분이었어. 위암이었는데 장기 여러 곳으로 전이가 되어서 항암치료도 할 수 없는 상태라 보존적 치료를 위해 병원 생활을 이어가고 있었지. 엄마가 기억하는 환자는 항상 긍정적이었어. 한번은 조영제 CT를 촬영하러 영상의학과에 갔는데, 바늘이 빠져서 새로 주사를 삽입해야 했지. CT실 안이 워낙 추워서 혈관이 제대로 보이지 않더구나. 굵은 바늘로 정맥 내 주사를 해야 했는데 혈관이 보이지 않으니 네다섯 번을 다시 꽂아야 했어. 바늘을 찌를 때마다 아플 법도 한데, 얼굴 한번 찡그리지 않으시더구나. "괜찮아, 천천히 해. 이런 건 아픈 것도 아니야. 내가 혈관이 없어서 그런 걸 어떡하겠어."하시면서 오히려 나를 달래시더라. 나는 그 환자가 병원에 입원해 있는 동안 화내는 것을 한 번도 본 적이 없어. 식사하기 힘들 때도, 기운이 없어서 몇 번을 반복해서 병원에 입원해 있을 때도 항상 편안한 얼굴이었어. 통증이 심해서 진통제를 먹어야 할 때도, 설사가 나서 먹기만 하면 화장실을 들락거릴 때도 짜증 한번 내지 않았지. 당신의 죽음을 담담히 맞이하는 것처럼 보였어.

죽음은 아무리 많이 봐도 늘 가슴이 아프더라. 가슴은 아프지만, 한편으론 죽음을 받아들이는 일도 자연스럽게 배우게 되었어. 죽음을 접하면서 삶에 대해 더 많이 생각하게 되었단다. 인간이 생을 마감하는 걸 지켜보는 일은 언제나 슬프지만, 살아 있음에 감사하게 되기도 해. '내가 살고 있는 지금이 누군가가 그토록 살고 싶어 하던 내일'이라는 것을 새삼 깨닫게 된단다. 내 뜻으로 태어난 것이 아니듯, 생을 마감하는 것도 내 뜻은 아니겠지. 그러나 언제가 될지 모를 죽음을 기쁘게 맞이하고 싶어. 나에게 죽음이 찾아왔을 때 후회 없는 삶을 살았노라 말하고 싶단다. 그래서 나는 삶을 소중히 여기고, 열심히 살겠다고 다짐하는 거야.

20대는 죽음을 생각하기 너무 이른 나이이지만, 언젠가는 죽음을 생각해야 되겠지. 그래서 엄마는 언젠가 찾아올 죽음에 대해서도 생각해 보았으면 한단다. 죽음을 생각하며 살아가다 보면 자신의 현재 삶이 그렇게 소중할 수가 없거든. 내 앞에 죽음이 언제 찾아올지 모르겠지만, 죽음 앞에서 "나는 후회 없는 삶을 살았다."라고 말할 수 있도록 충실히 살아가길 바란다. 시인 조지 고든 바이런의 '그러나 나는 살았고, 헛되이 살지 않았다'라는 묘비명처럼 말이야.

삶의 굽이마다 힘겨움은 언제든 존재한단다. 뜻하지 않은 사고
나 실직으로 힘들고, 갑작스럽게 찾아온 이별이나 질병으로 힘겨
워지기도 하지. 세상일이 뜻대로 되지 않아 절망스러울 때도 있을
거야. 그럴 때 쉽게 죽음을 생각할 수도 있단다. 그러나 세상살이
가 아무리 어렵고 힘들지라도 삶을 절대 포기해서는 안 된단다. 종
교를 가진 사람들은 삶 너머 죽음 후에 영생을 산다고 하지. 종교
에서는 스스로 삶을 마감하면 지옥에 떨어진다고 한단다. 엄마는
삶의 연속성에서 죽음을 바라보는데, 어떻게 살 것인가 만큼이나
어떻게 죽음을 맞이하는가도 매우 중요한 문제라고 생각해. 어떤
죽음이든 존중받아야 마땅하며, 어떤 삶이든 죽음보다는 살아 있
는 것이 낫다고 생각한단다. 아무리 구차하게 느껴지는 삶이라도
사는 것이 죽는 것보다 낫다는 생각이야. 생물학적 삶이 있어야 사
회적 삶도 가능한 거지. 생물학적 삶을 살아내야 사회적 삶을 꽃피
울 수 있는 것이 아닐까.

세상 사는 것이 너무 힘들 때는 '시간의 마법'을 써보자. '시간
이 약'이라는 말이 있듯이 지금 당장은 죽을 듯이 힘들지만, '이
또한 지나가리'라는 마음으로 견디다 보면 점점 무뎌지기 마련이
란다. 시간을 조금만 흘려보내면 잊혀지고, 가벼워지고, 멀어지기

도 한단다. 그러니 너무 힘들 때는 시간의 마법을 믿어보며 지내보자꾸나.

시간의 마법과 함께 여유를 가졌으면 좋겠구나. 자신을 너무 다그치지 말고, 여유 있게 생각해 보면 좋겠다. 혼자 생각하다 보면 자기 생각 속 늪에 빠지는 경우가 많아. 남들은 아무리 별것 아니라고 해도 나에게는 엄청 큰일로 생각되기도 하니까. 자신의 상황을 객관적으로 보지 못하고, 세상에서 자신이 제일 불행하고 힘든 것처럼 여겨지기도 하지. 그럴 때 조금만 자신을 한 발짝 떨어뜨려 놓고 바라보면 상황이 훨씬 나아진단다. 아무리 힘들고 괴로운 일도 주어진 삶을 살아내기만 한다면 가볍게 웃어넘길 수 있는 때가 온단다. 다른 사람들의 기대, 실패에 대한 두려움, 자만심, 창피함은 사라지고 진정 중요한 것만 남는단다. 살아내기만 해도 괜찮은 삶이었다는 것을 깨달을 수 있어. 삶이란 이러한 지혜를 하나씩 터득하는 과정이야. 삶은 언제나 현재 진행형으로 계속되니까.

상실 앞에서는
마음껏 슬퍼하라

　　　　　　　　　　　　물건을 잃어버렸을 때 한동안 마음이 쓰여 잠을 이루지 못한 경험이 있을 거야. 누군가가 나를 속였을 때 배신감에 마음이 괴롭기도 하고, 돈을 잃거나 도둑을 맞았을 때 경제적 타격을 입을 수도 있겠지. 오랫동안 다니던 직장을 그만두거나 강제 퇴직당해서 직업을 잃게 되면 경제적 손실과 함께 상실감에 힘들어하기도 하지. 건강을 잃었을 때도 받아들이기란 여간 힘든 일이 아니란다. 애지중지 키우던 반려동물을 잃어버리거나 떠나보낼 때도 매우 슬퍼. 사랑하는 사람과 이별하거나 사별을 했을 때는 세상을 다 잃은 기분이 들지. 자신에게 닥친 불행을 받아들이는 일은 누구에게나 쉽지 않아. 마음의 준비 없이 찾아온 상실은 지독한 트라우마로 남게 된단다.

병원에서 일하다 보면 건강을 잃고 상실감에 힘들어하는 사람들을 많이 만나게 된단다. 지금도 떠오르는 몇 명이 있어. 내분비내과에 입원했던 20대 초반의 여성 환자는 1형 당뇨 환자였단다. 1형 당뇨란, 랑게르한스섬(Langerhans islets)의 β세포가 파괴돼서 인슐린 분비가 급격하게 감소해 발생하는 고혈당 질환이야. 어릴 때 진단되는 당뇨이기 때문에 '소아 당뇨'라고도 부른단다. 그 환자의 경우 관리가 잘되지 않아서 당뇨 합병증으로 녹내장(시신경에 이상이 생겨 시야결손이 나타나는 질환)을 앓게 되었고, 시력도 점차 잃어가고 있었어. 젊은 나이에 견디기 쉽지 않았을 거야. 환자는 병실에 입원하면 고함을 지르고, 의료진 말을 귀담아듣지 않았단다. 한마디로 제멋대로인 환자였지. 하루는 소리를 지르면서 심하게 몸부림을 쳤어. 환자 침상 옆에 있던 큰 산소통을 발로 차서 산소가 무섭게 쏟아지는 소동이 일어났단다. 정신건강의학과가 아니다 보니 의료진이 환자의 감정적 케어를 할 수 있는 여력이 없었지. 몸의 건강 상태를 체크하고 조절하는 수준의 치료가 이루어질 뿐이었어.

또 기억에 남는 환자는 30대 초반의 여성 환자였어. 남편이 교통사고로 갑작스럽게 사망하고, 세 살 정도 되는 아들이 있었는데 살아갈 길이 막막했나 봐. 남편을 따라가겠다며 12층 높이 빌딩에서 뛰어내렸단다. 환자는 그 사고로 척추 손상을 입었고, 하반신 마비가 돼서 휠체어 생활을 할 수밖에 없었지. 남편을 잃은 상실감이 얼마나 컸을지 나로서도 가늠할 길은 없었단다. 환자가 사랑하는 사람을 잃은 상실감에서 벗어나지 못하고, 자신의 건강마저 잃게 된 현실이 너무나 안타까웠어.

40대 후반의 남성 환자는 위암 진단을 받고 위절제술을 했어. 수술하고 병실에 왔을 때는 소변줄, 콧줄, 피 주머니, 무통 주사와 일반수액 등이 주렁주렁 달려 있었어. 힘든 회복기를 거치면서도 일하는 사람들을 먼저 배려했단다. 한동안은 항암치료를 위해 두 달에 한 번 병원에 입원해야 했는데, 병원에 입원할 때마다 눈에 띄게 몸무게가 줄어드는 모습이었지. 식사는 죽으로 반 그릇 정도 먹는다고 하고 그것을 먹는데도 거의 한 시간이 넘게 걸렸어. 그래도 환자는 늘 평안한 모습이었단다. 마음속은 어땠는지 모르겠지만, 겉으로 드러나는 모습은 자신의 질병을 잘 받아들이고 있는 것처럼 보였거든. 환자가 상실감을 어떻게 견디고 있는지 엄마로서는 그 깊이를 알 수가 없었단다.

사람은 건강을 잃는 경우 큰 상실감을 경험하게 된단다. 건강을 잃거나 사랑하는 사람, 물건 등을 잃었을 때 사람들에게 나타나는 일반적인 특징을 안다면 좀 더 슬기롭게 어려움을 극복할 수 있을 것이라 생각해.

미국의 의사였던 엘리자베스 퀴블러 로스(Elizabeth Kubler-Ross)에 의하면 슬픔과 상실에는 다섯 단계가 있다고 해.

1단계 부정(Denial)은 사랑하는 사람의 불치병이나 상실 또는 사랑하는 대상의 죽음을 알게 되었을 때 현실을 부정하는 거야. '아니야, 그럴 리 없어, 검사가 잘못된 것 아닌가? 이런 일은 일어나지 않았고, 일어날 수도 없어!'라며 자신의 상황을 부정한다는 거지. 2단계 분노(Anger)는 부정 뒤에 숨었던 고통과 슬픔은 사라지고 현실을 직면하게 된대. 자신에게 고통을 주거나 떠난 사람을 원망할 수도 있어. 자신 주변의 모든 것이 분노의 대상이 된단다. '왜 하필 나에게 이런 병이 생긴 거야? 내가 왜 죽어야 되나.'라며 억울하고, 원망스럽고, 분노가 치미는 감정이 든다고 해. 3단계 타협(Bargaining)은 더 이상 상황이 나아지지 않을 것이라는 걸 깨닫고 협상을 하는 단계야. '어떻게 하면 죽지 않을까? 더 나은 사람이 되려고 노력한다면…, 만약 ~했더라면….'처럼 신에게 생명을 연장해 달라고 요구하며 좀 더 인생을 충실히 살 것이라고 은밀하게 신과 약속을 한단다. 종교에 의존하거나 더 높은 권력과 거래를 하는 거지. 4단계 우울(Depression)은 협상도 되지 않는다는 걸 깨달으면 극심한 우울증이 나타나는 거야. 모든 일에 초연해지고, 웃음을 잃고 종일 멍한 상태로 있거나 울어버리는 거지. 사랑하는 사람들에게 작별 인사를 건네기 위한 조용한 준비의 시기이기도 해. 이때는 간단한 설명과 위로의 친절한 말이 필요하지. 혹 다른 사람으로부터 비난의 말을 듣는다면 엄청난 상처로 남기도 한단다. 5단계 수용(Acceptance)은 이젠 피할 수 없음을 받아들이는 단계야. 상실을 마음으로 받아들이는 거지. 그리고 차분하게 자신의 감정을 정리하는 단계이기도 해. 상실의 5단계를 모두 거치는 사람도 있고 그렇지 않은 사람도 있다고 하지만, 누구도 상실의 경험을 더 쉽게 겪을 수는 없다고 하는구나.

상실은 어떤 대상과 관계가 끊어지거나 헤어지게 되는 것을 의미해. 어떤 것이 아예 없어지거나 사라져서 갖게 되는 감정은 대개 부정적이겠지. 그렇기 때문에 상실로 인한 것이라도 자신의 감정을 있는 그대로 인정하고 받아들이는 것이 중요하단다. 스스로 상실을 받아들이려면 상실을 경험할 때 어느 단계에 있든지 충분히 슬퍼하고 아파해야 해. 슬픔의 깊이나 감정의 경험은 개인마다 다르고, 슬픔을 이겨내는 시간도 사람마다 다를 거야. 그러니 조급하게 상실감에서 빠져나오려고 하지 않아도 괜찮아. 다른 사람과 비교해서 적당히 감정을 묵혀두거나 슬픔을 남겨두면 상처로만 남는단다. 마음껏 슬픔을 토해내야 감정의 찌꺼기가 남지 않게 되는 거지.

충분한 시간을 갖고 마음껏 슬퍼해야 떠난 존재에 대한 진정한 애도라 할 수 있단다. 그러니 애도의 시간을 충분히 가지는 것이 필요해. 우리가 떠난 사람을 기리며 장례식을 치르고, 제사를 지내는 이유가 형식을 빌려 애도의 시간을 갖기 위함이란다. 애도의 시간은 떠나간 사람을 추억하고, 슬픔을 나누면서 서로 위로하고 위로받는 시간이거든. 그것만으로는 충분하지 않으니, 가까운 가족이나 친구들과 이야기를 나누는 거야. 가까운 사람들이 건네는 따뜻한 위로와 손길이 슬픔을 이겨내는 데 도움이 된단다. 지인의 도움으로도 해결되지 않는다면, 반드시 전문가의 도움을 받아야 해. 전문가를 통해서 약물치료나 전문 상담을 받는 것이 상실을 극복하는 데 더 많은 도움이 될 수 있어.

가끔은 혼자만의 시간을 갖거나 책을 읽고 영화를 보면서 감정을 쏟아내는 애도의 시간을 갖는 것도 필요할 거야. 다른 사람 앞에서는 보일 수 없는 감정을 혼자만의 시간을 통해서 쏟아 낼 수도 있어야 하지. 어떤 방법이든 상실로 인한 감정을 마음껏 쏟아내고 충분히 슬퍼할 수 있는 일이라면 무엇이든 하는 것이 좋아. 애도의 시간을 통해 자신의 마음을 잘 보듬어주면 된단다.

사람이든 동물이든, 건강이든 돈이든, 직장이든 물건이든 상실의 경험은 아프지만 우리는 언제든 어떤 형태로든 이별을 할 수밖에 없다는 세상의 이치를 배우면 되는 거란다. 그리고 살아남은 우리는 또 다른 세상을 향해 뚜벅뚜벅 나아가는 거야.

마음의 평화를 위해
일기를 써라

요즘은 문자, 카톡, 인스타그램, 페이스북, 블로그, 카페 등 SNS에서 다른 사람과 글로 소통하는 일이 많아졌지. 아마도 20대의 SNS 소통은 다른 어느 세대보다 활발하게 이루어질 거야. 특히, 코로나로 비대면 시대가 일상이 된 요즘은 글을 쓰는 일이 더 중요해진 것 같아. 이후에도 상당 기간은 비대면 소통이 이루어지겠지. 어떤 형태든 글을 많이 쓰고 많이 보게 되었어. 자기 생각이나 의견을 잘 전달하는 것이 예전보다 더 중요해지기도 했고 말이야.

일기 쓰기는 비대면 시대에 글을 잘 쓰기 위한 디딤돌이 될 거야. 일기 쓰기는 글을 잘 쓰기 위한 도구가 되기도 하지만, 네 마음의 성장을 이루는 데 많은 도움을 줄 거거든. 10대에는 신체의 폭풍 성장이 일어났다면, 20대에는 내면의 폭풍 성장이 이루어지는 때야. 네 마음의 폭풍 성장에 큰 도움을 줄 수 있는 것이 일기 쓰기라고 생각된다. 네 마음을 들여다보고, 네 마음을 정리하며 다독여 줄 수 있는 것 중 일기 쓰기보다 좋은 방법은 찾기 어렵단다.

일기의 가치와 의의는 역사적으로 증명되기도 했어. 우리나라에서 가장 오래된 일기는 신라시대 승려 혜초가 인도를 답사하고 쓴 여행기『왕오천축국전』이야. 이순신이 임진왜란 동안 쓴『난중일기』는 우리에게도 잘 알려져 있지. 최부의『금남표해록』은 조선 중기 명나라에 표류했던 경험을 일기 형식으로 기록한 여행기란다. 조선 후기 김창업의『노가재연행록』, 박지원의『열하일기』, 조선 광해군 때 궁녀가 쓴『계축일기』, 안방준이 이귀(李貴)가 태어나서 죽을 때까지 벌어진 일들을 적은『묵재일기』가 있지. 우리가 잘 알고 있는『안네의 일기』는 작가 사후에 공개되어 나치의 잔인함을 세상에 알리는 계기가 되었단다.

일기는 누군가에게 보여주기 위해서 기록된 것이 아니기 때문에 개인의 감정이나 태도가 그대로 드러나 있어서 객관적 사실과는 다를 수도 있어. 그럼에도 어떠한 계기로 세상에 알려져 역사적 가치를 갖기도 한다. 훗날 후대에 역사적 의의와 가치를 물려줄 수도 있지만, 자신의 역사를 기록하고 일상과 감정을 되돌아보는 것만으로도 일기 쓰기의 의의와 가치는 충분하지.

엄마의 일기 쓰기 경험은 초등학교 2학년 여름방학 때부터 시작되었어. 상을 타본 경험이 없는데 처음으로 일기 쓰기 상을 타겠다는 욕심을 부린 거야. 매일 일기를 쓰기만 하면 상을 탈 수 있을 거라는 단순한 생각이었지. 그런데 초등학교 2학년의 일상이라는 것이 사실 별것 없었고, 일기 쓰는 방법도 몰랐으니 그때 쓴 일기는 참 우스운 내용이었어. 예를 들면, 우리 집 안방에는 자개농이 있었는데 자개농에 그려져 있는 화병을 일기장에 그려놓고 '나는 장롱을 보고 그림을 그렸다' 이런 식으로 달랑 한 줄 쓰는 식이었던 거야. 그저 날짜를 채우기 위한 그림일기였어. 그런데 선생님이 일기 내용은 평가하지 않고, 매일 일기를 썼다는 사실만 가지고 상을 주신 거야. 상 받고 싶은 마음에 꾀를 부렸던 일기 쓰기가 내 인생 첫 상을 안겨 주었단다.

청소년기에도 일기를 쓰긴 했는데, 특별히 기억에 남는 일기는 없구나. 대학 다닐 때는 일기를 많이 썼어. 오히려 청소년기보다 대학 때 고민이 더 많았던 것 같아. 대학 때 쓴 일기는 나의 감정, 기분을 많이 담았거든. 짝사랑의 가슴앓이도 일기장에는 솔직하게 적었고, 가까운 친구에게 말하지 못했던 가족과의 갈등도 일기장에는 담을 수 있었어. 사회를 비판하는 내용을 쓰기도 하고, 내 마음의 굳건한 의지를 담기도 했지. 일기장은 유일하게 솔직할 수 있는 상담자였고, 감정을 처리할 수 있는 곳이었단다.

그런데 어느 날, 오빠가 내 자취방에 찾아온 거야. 엄마가 잠깐 나간 사이에 자취방에 온 건데, 내 일기를 봤다는 걸 눈치챘어. 그래서 그동안 써 온 일기장을 모조리 불태워버렸단다. 그리고 한동안 일기를 쓰지 않았어. 지금 생각해 보면 일기는 계속 쓰고, 일기장을 잘 관리하는 것이 필요했던 것 같아.

다시 일기를 쓰기 시작한 건 너를 가진 후란다. 아이를 갖고 나니 갑자기 자신을 돌아보게 되면서, 고민이 많아지기 시작하더라. 부모가 되기 위한 준비, 부모가 되어 생기는 고민을 일기에 쓰기 시작했어. 그리고 너의 성장을 기록으로 남겨서 나중에 일기장을 선물해야겠다고 생각했지. 육아 일기였던 셈이야. 네 일상과 성장이 오롯이 담겼지. 아이를 가진 기쁨을 담고, 태동과 출생을 담고, 옹알이와 배밀이를 기록했단다. 네가 무엇을 얼마나 자주 먹는지, 잠을 잘 자는지, 웃거나 울 때 어떻게 하는지도 기록했어. 네 모든 행동이 나에겐 새롭고 신기했거든. 열이 났을 때는 어떻게 아팠고, 병원에 가서 주사 바늘을 꽂을 때는 어떻게 울었는지도 기록했지. 처음 '엄마'라고 나를 불렀던 때, 처음 잡고 일어섰을 때, 이가 나던 때도 기록했단다. 네가 했던 말들도 그대로 적었고, 하루 있었던 일들도 상세히 써 내려갔어. 육아 일기는 나중에 아이가 성장했을 때 줄 선물이니 더 열심히 썼지. 네 성장과 함께 일기장도 성장했단다. 아이를 키우면서 어떤 생각이 들고, 고민은 무엇인지, 아이와 우리 가족의 미래에 대해서도 그려 넣었지. 언젠가 네가 어릴 때 모습을 궁금해하거나 네가 엄마가 된다면 도움이 되길 바라는 마음이었단다.

일기장 덕을 본 적도 있어. 서울로 이사 온 후 천장에 물이 새서 도배를 다시 해야 했어. 한지 벽지를 전문으로 하는 사람이어야 한지의 결을 살릴 수 있는데, 처음 도배를 했던 사람이랑은 다르게 두 번째로 맡은 사람은 서투른 거야. 그래서 5~6년 전의 일기장을 뒤져 첫 번째 한지 벽지 도배사 이름이랑 연락처를 찾아냈지 뭐니. 새삼 기록의 힘을 느낄 수 있었단다.

글 쓰는 것을 별로 좋아하지 않는 사람이라면 일기를 쓰라는 말이 와닿지 않을지도 모르겠구나. 카카오톡이나 문자할 때 보면 글 쓰는 일 자체를 부담스러워하는 사람도 있는 것 같아. 누군가 주절주절 문자를 보내면 '네', '응', '아니오'처럼 단답형으로 보내는 걸 보면 알 수가 있단다. 답장하기 귀찮아서일 수도 있고, 자신의 마음을 어떻게 표현해야 할지 몰라서일 수도 있을 거야.

학교 다닐 때 썼던 일기처럼 누구에게 보여주기식도 아니고 분량을 채워야 하는 것도 아니니 일기 쓰기에 부담은 갖지 않았으면 한다. 보여주기 위한 글이라면 잘 써야 한다는 부담 때문에 쉽게 글이 써지지 않겠지만, 누군가에게 보여주지 않아도 되니 걱정하지 않아도 된단다. 자신의 느낌대로, 생각대로, 마음이 이끄는 글을 쓰면 되는 거야. 앞에서 소개한 역사적 의의와 가치를 지닌 일기들도 그저 자기 느낌과 생각대로 쓴 글이란다. 부담 없이 쓰는 글이라면 도전해볼 만하지 않니. 숙제로서의 일기가 아니라 너의 마음과 일상을 담은 너의 역사를 써보는 거야.

일기 쓰기를 위해 예쁜 일기장을 한 권 사는 것도 좋은 시작이야. 휴대폰 메모장이나 블로그나 트위터, 인스타그램, 페이스북에 한 줄 남기기로 시작하는 것도 좋을 것 같다. 처음 한 달 동안은 매일 한 줄 쓰기를 시도하는 거야. 습관을 갖기 위해서는 매일 쓰는 것이 좋단다. 처음 시작은 많은 시간을 들이지 않는 일기여야 해. 어디에 어떤 형식이든 매일 일기를 쓰는 것이 중요하단다. 시작이 어려울 뿐이지 한 줄씩 매일 쓰면 한 달이면 서른 줄이나 되거든. 그렇게 쓰다 보면 열 줄 쓰는 것은 아주 쉬운 일이 될 거야. 쓰다 보면 쓰는 일에 부담이 줄어들게 돼.

일기 쓸 때 한 가지 주의할 것은 누군가 내 일기를 보게 되어 자신의 사생활이 침해되지 않도록 해야 한단다. 자신의 일기를 공개하고 싶지 않다면 일기장이든, 메모장이든, SNS든 어디에 일기를 쓰든 상관없지만, 보안에 철저해야 해.

일기 쓰기가 익숙해지면 다양한 형태의 다른 글쓰기에 시도해 보는 것이 좋아. 일기 쓰기를 한 단계 업그레이드 할 수 있어. 예전에 학교 다닐 때 네가 써 봤던 관찰일기, 여행기, 영화감상, 독후감도 괜찮아. 일상에서 관찰한 것을 쓰든, 대화를 쓰든, 너의 느낌이나 감상이든 무엇이든 상관없단다. 어떤 형식이든 일기를 쓴다는 건 중요한 일이야.

일기를 쓰면 사건이나 경험을 객관적으로 보게 되고, 자신의 마음도 잘 정리하게 된단다. 마음에서 우러나오는 일기를 쓰다 보면 자신의 마음을 깊이 있게 들여다보게 되거든. 관찰력과 깊은 사고력을 키울 수 있을 뿐만 아니라, 네 마음의 평화와 정신적 폭풍 성장을 이루는 데 도움을 준단다. 그러니 자기 삶에 도움이 되는 일기 쓰기를 오늘부터 시작해 보렴.

네 삶의 기준을 정하는
철학을 가져라

철학의 정의를 생각하면 '생각
하는 사람' 청동상처럼 뭔가를 깊이 생각하는 사람을 떠올리곤 해.
청동상 '생각하는 사람'은 프랑스 조각가 오귀스트 로댕의 작품이
란다. 여러 인간의 고뇌를 바라보면서 깊은 생각에 잠긴 남자의 조
각상이지. 영원히 계속 생각하는 인간의 모습을 표현한 거란다.

네가 철학을 배운 것은 고등학교 때 윤리와 사상 과목을 통해서
일 거야. 아리스토텔레스, 칸트, 소크라테스, 플라톤, 데카르트 등
이 떠오르지. 철학자들의 계보를 외우고, 어떤 책을 집필했는지 밑
줄을 그어가면서 시험 점수를 얻기 위해 암기했을 거야. 후대 사람
들에게 어떤 말로 유명해졌는지도 외워두었겠지. 가끔은 그게 어
떤 의미인지도 모른 채 암기만 했을지도 몰라. 하나라도 더 정답

을 맞추기 위한 공부였겠지. 사실 고등학교 때는 공부할 시간도 부족하고, 마음의 여유도 없기 때문에 철학가나 사상가의 의미 깊은 심상을 따라잡기란 어려울 수밖에 없었을 거야. 사색은 공부에 방해가 될 뿐만 아니라, 사치라고 여겨지기도 했을 테니까. 세상이 어떻게 돌아가고 어디로 흘러가는지 돌아볼 여유도 없었지. 부모님 보호 아래 그저 주어진 시간만 잘 보내면 되었으니 말이야. 오히려 고민 없이 주어진 공부만 잘하는 것이 앞으로 인생에 도움이 된다고 여겼겠지.

20대부터는 시간이 많아지면서 마음에 여유가 생길 거야. 여유가 생기면 사색을 하게 된다. 나를 돌아보며 여러 생각을 끊임없이 하게 되지. 자유로운 시간이 가져다준 선물이란다. 자, 그러면 이제 철학자가 되어 보자. 정답 맞추기식 철학이 아니라 자기 삶의 의미를 찾기 위한 공부를 하는 거야. 내 삶을 풍요롭게 하고, 흔들리지 않을 의미를 갖게 해줄 철학을 찾아가는 거야. 세상 풍파에도 흔들리지 않고, 중심을 잡고 살아갈 철학을 만나는 일. 내 삶의 기준을 정해주는 철학을 찾는 일은 20대에 꼭 해야 하는 일이거든. 우리 삶의 근간을 이루는 것이 철학이기 때문이란다.

"여보, 신이 있다고 생각해?"
"응."

"여보, 당신은 전생을 믿어?"

"응."

"당신은 어떻게 1초의 망설임도 없이 대답할 수가 있어?"

"나는 신도 있고, 전생도 있다고 생각해."

"당신은 신도 보지 않았고, 전생에 갔다 온 것도 아닌데 어떻게 그렇게 단언할 수가 있어?"

"눈에 보이지 않고, 경험이 없지만 그냥 있다는 생각이 들어."

"어떻게 그럴 수 있지. 나는 없다고 생각하는데…."

얼마 전에 네 아빠와 이런 대화를 나눴단다. 세상을 바라보는 시각 중에 하나인 신의 존재를 인정하는 철학적·신학적 입장의 차이라고 할 수가 있어. 유신론과 무신론의 차이야. 아빠는 할머니 영향을 받아 신이나 전생을 믿는 편이야. 엄마는 종교가 없고, 20대에 배운 유물론의 영향으로 물질세계를 실재로 보는 입장이란다. 이렇듯 철학이란 신이 존재하는지, 세상은 물질이 일차적인지, 정신이 일차적인지에 관한 답을 주기도 하거든.

철학(哲學)이라는 말은 Philosophia라는 그리스어를 번역한 거야. 본래 의미는 '지혜를 사랑하는 것'이란다. 기원전 4세기경 소크라테스가 처음 철학이라는 용어를 사용했어. 소크라테스는 이성적 사고에 의해 절대불변의 영원한 진리를 찾으려고 애쓰는 활동을 철학이라고 했단다. 덕과 앎의 일치를 중시했고, 철학적 사명은 낡고 비합리적인 요소를 파헤쳐서 제거하고, 옳은 생각을 세워가는 것이라고도 했지. 철학 정신은 비합리적인 요소가 자기 자신 속에 있는지 살펴보고, 자기를 부정하고, 비판하고 반성함으로써 정신이 깊어지고 순화되도록 하는 것이라고 했단다. 문답을 통해 깨달음을 얻고, 무지를 자각하는 거지. 소크라테스가 '너 자신을 알라'는 명언을 남긴 것도 같은 맥락이란다.

근대 철학자 데카르트는 경험이 아닌 이성을 통해 진리를 찾아야 한다고 했어. 생각하는 정신의 존재로서 자신을 키워가야 한다는 입장이지. '나는 생각한다. 그러므로 나는 존재한다'라는 데카르트의 유명한 말처럼 의심해보고, 되돌아가 다시 살펴보고, 증명해보고, 다시 생각해 보는 것이 철학이란다.

이렇게 보면 철학이란 학문이 아니라 우리의 일상이라고 할 수 있어. 모든 사람이 하는 정신적 활동이 철학적 활동인 거지. '너 자신을 알라'라는 소크라테스의 말처럼 철학은 자신을 알아 가는 과정이잖아. 철학을 통해서 나와 세상을 종합적으로 사고할 수 있지. 철학이란 세계와 인간에 대한 가장 근본적인 문제를 이성적으로 탐구하는 일이야. 철학을 통해 지혜를 얻고 삶의 기준을 정하게 되니까 마음의 기초공사가 철학이 되는 거란다.

사람이 살다 보면 여러 어려움에 부딪힐 때가 있잖아. 그럴 때

좌표가 필요한데, 그게 바로 철학이란다. 세상은 삶의 굴곡만큼이나 많이 변하고, 때로는 회오리가 몰아치듯 급격하게 변할 때가 있어. 만일 기준점이 없다면 풍랑을 만날 때마다 네 삶이 흔들릴 수 있어. 그러니 네 삶의 기준점이 되어 줄 철학을 갖는 것은 매우 중요하단다.

그러면 어떤 철학이 필요할까 생각해보자. 2021년을 살아가고 있는 우리는 이미 다양한 철학적 사상을 알고 있고, 다양한 철학 안에서 살아가고 있어. 한국의 철학은 대표적으로 불교 철학과 유교 철학이 있지. 불교와 유교는 사회적으로나 문화적으로 그 뿌리가 깊어. 유교사상은 조상숭배, 남녀유별, 장유유서, 상하계층의식, 삼강오륜 등 일상생활과 전통의식에 영향을 미쳤고, 집의 구조나 공간의 배치 등에도 많은 영향을 미쳤다고 한다. 불교는 정신을 수양하고 내세를 바라보는 관점에 영향을 주었고, 나라가 위급할 때 호국 사상으로 형성되기도 했어. 우리나라의 주요 문화재는 불교와 관련된 것이 많지.

중국의 사상가 공자, 맹자, 도가, 묵가, 법가 등은 우리나라뿐만 아니라 동양 문화권에 많은 영향을 끼쳤단다. 오늘날에는 서양의 철학이 우리나라 사상에 많은 영향을 미치고 있어. 그리스·로마 시대의 철학뿐만 아니라 인본주의, 실존주의, 합리주의, 실증주의,

실용주의 등 다양한 서양철학이 우리나라에 들어왔어. 서양의 수학, 천문학, 경제학, 논리학 등 다양한 학문과 함께 철학은 우리나라에 널리 퍼지게 되었단다. 기독교의 영향으로 우리나라에도 기독교 문화와 철학을 가진 사람들도 많아졌지.

현대인 중에 하나의 사상과 철학으로만 생활하는 사람은 없을 거야. 누구나 다양한 철학과 사상을 가지고 살아간단다. 엄마는 네가 사람들의 삶을 넉넉하고 풍요롭게 하는 철학을 가졌으면 좋겠어. '홍익인간(弘益人間)'의 사상처럼 사람을 널리 이롭게 하는 철학 말이야. 네가 삶의 지혜를 찾고, 살아갈 용기와 희망을 주는 철학을 가졌으면 좋겠단다.

엄마는 20대에 학생운동과 사회운동을 하면서 알게 된 철학과 사상이 순식간에 뽑혀 나가는 것을 경험했단다. 사회주의 사상을 가진 나라는 몰락했고, 주체사상을 가진 북한은 우물 안 개구리가 되어 세계에서 고립되었지. 한 사회를 발전시키고, 변화시켰던 사상과 철학이 한계를 드러낸 거야. 일시적으로는 한 사회를 지탱할 수 있을지언정 세월이 흐르고 사상적 한계, 철학적 빈곤이 결국은 사회를 퇴보하게 했어. 철학이 세상을 바라보는 시각을 정하고, 인간의 행동을 규제함으로써 세상을 바꾼다는 걸 보여준 사례였어. 어떤 철학을 갖느냐에 따라 한 인간뿐만 아니라, 온 사회를 몰락하게 할 수도 있다는 것이 세계 여러 나라에서 입증되었거든. 세계 여러 나라의 변화를 보며 20대를 보냈고, 20대가 지나면서 내가 알고 있는 것이 전부가 아니며, 내가 모르는 또 다른 무언가가 존재한다는 것을 깨달았던 거지.

고인 물은 썩듯, 철학도 한 곳에만 머무르면 낡고 퇴보한다는 걸 알게 되었어. 영원한 철학도 사상도 없다는 것을 깨달았지. 그래서 사람이 살아가는 동안 철학을 좋은 것으로 가꾸고 발전시켜야 한다고 생각해. 20대에 철학을 알았다고 해도 그것으로 끝이 아닌 거지. 살아가는 내내 배우고 익히고 가꾸어야 하는 일이 철학이란다. 삶이 늘 변화무쌍하듯 철학도 변하고 바뀌거든. 계속 변하고 바뀌어도 인간의 삶을 넉넉하고 풍요롭게 할 철학과 사상을 찾아가는 일은 중요하단다. 삶의 의미를 찾고, 인간다운 삶을 살게 하는 방법이 바로 철학이니까. 그래서 20대에 했던 철학적 질문을 30~40대, 70~80대에도 해야 하는 거란다. 사는 동안 다음의 질문들을 스스로에게 자주 던져 보길 바란다.

'나는 누구인가?'

'나는 왜 사는가?'

'어떻게 살 것인가?'

'인간이란 무엇인가?'

'정의란 무엇인가?'

'세상을 어떻게 볼 것인가?'

'세상은 왜 불평등한가?'

'신은 존재하는가?'

'종교란 무엇인가?'

제 4 장

풍요로운 삶을
꿈꾸는 너에게

돈에 대한
긍정성을 가져라

예로부터 우리나라는 돈과 관련해서 이야기하는 걸 무척이나 꺼려했어. 돈에 대해 이야기하는 사람을 싫어했고, 청빈한 삶을 미덕으로 생각했단다. 부자라면 부동산 투기나 사기 등 부정한 방법으로 돈을 번 것은 아닌지 색안경을 쓰고 바라보기도 했어. 그나마 다행인 건 요즘 들어 사회적으로 돈에 대해 솔직하게 이야기하게 되었고, 부자가 되는 열망을 당당하게 드러내는 사람이 많아졌다는 점이야. 서점에 가 보면 베스트셀러 상당수가 재테크나 돈에 관련된 도서란다. 친구들과 돈에 관한 대화를 나누는 것은 자연스러운 일상이 되었어. 게다가 돈에 대한 정보가 모두에게 공개되고 있고, 돈을 버는 방법도 다양해졌어. 예전에는 돈에 대해 잘 아는 몇몇만 부자가 될 수 있었다면, 지금은 부자가 되고자 하는 마음이 있고 조금만 노력한다면 누구나 부자가 될 수 있는 시대에 살고 있는 거야. 정말 다행이지. 지금 돈이 없다고 걱정하지 않아도 된단다. 20대에 돈이 없다는 것은 당연한 일이거든. 스무 살에 가난하다고 부끄러워할 필요는 없어. 지금부터 돈에 대한 철학을 가지고, 돈의 속성을 공부하고, 돈 버는 방법을 배운다면 너도 부자가 될 수 있단다.

엄마가 어릴 때는 용돈이라는 개념조차도 없었어. 돈이 필요할 때마다 부모님으로부터 돈을 타서 쓰곤 했지. 어쩌다 친척들이 왔을 때 주고 가는 돈이 엄마한테는 유일한 용돈이었어. 그마저도 부모님이 급할 때면 나에게 빌려가곤 하셨단다. 대신 이자는 두둑하게 쳐 주셨지. 칠 남매를 키우던 부모님은 늘 돈이 궁했으니 용돈을 넉넉하게 주고 싶어도 줄 수 없었을 거야. 시골에서는 채소나 가축을 팔 수 있는 오일장이 서야 돈이 들어오거든. 도시에서 학교에 다니는 언니, 오빠들이 주말에 다녀간 후에는 돈이 바닥났단다. 그러면 어린 나는 부모님 눈치를 보면서 아침 등굣길 밥상머리에서 필요한 돈을 달라고 했었어. 아버지의 주머니 속이나 어머니의 허리춤, 방바닥이나 부엌 찬장에 숨겨두었던 돈을 발견하면 다행이었지. 그렇지 않으면 이웃집에 달려가 돈을 빌려야 했단다.

자취하던 때는 교통비, 책값, 학용품값, 반찬값, 전기세, 수도세를 내야 했는데 부모님이 주신 용돈은 늘 턱없이 부족했단다. 그나마 있는 돈마저 떨어지면 어머니가 자취방에 들르기만을 눈이 빠지게 기다려야 했어. 지금처럼 신용카드가 있는 것도 아니었으니까. 신기하게 '돈도 다 떨어졌고, 내일이면 먹을 게 하나도 없는데 어쩌지'라고 걱정을 하는 날에는 어김없이 어머니가 자취방에 오셨단다. 채소며 곡식들을 팔아 오시거나 도시 이곳저곳 누비면서 깨진 함지박을 때워 번 돈을 허리춤에 차고 오셨어. 허리춤에서 동전들과 꼬깃꼬깃한 지폐들이 방바닥으로 쏟아졌지. 어머니는 내가 돈 떨어진 줄 어떻게 알고 오셨을까? 아마도 용돈을 주시면서 얼마나 쓸지 가늠하셨겠지. 그때는 그게 그리도 신기했단다.

엄마는 어머니를 통해 돈에 대한 철학을 갖게 되었단다. 힘들게 일해서 번 돈은 자녀를 키우고 교육하는 기쁨으로 돌아왔어. 어머니를 통해 '돈이란 필요하면 찾아오는구나. 내가 필요로 할 때 내 손에 들어오게 되어 있어'라고 생각하게 되었어. 돈이 부족한 상황이 와도 걱정하거나 조급해하지 않게 되더구나. 돈에 대한 긍정적인 생각과 감정을 갖게 된 거야. '돈이란 있다가도 없고, 없다가도 있는 법이다. 그러니 돈에 집착하지 말자'라고 다짐하기도 했어. 어머니의 고단한 삶을 보면서 너무 돈에 집착하며 살고 싶지 않다는 생각도 했어. 어머니가 자녀를 위해 일하고, 돈을 아끼지만 가끔은 그것이 너무 힘겹게 느껴졌거든.

너는 돈에 대해 어떤 생각을 갖고 있니? 지금까지는 아무래도 부모의 영향을 많이 받았을 거야. 이제 돈에 대한 네 철학을 정리해 보면 좋겠구나. 좋은 점은 잘 발전시키고, 부족한 점은 수정해 나가면 어떨까. 20대 이후에는 자신만의 철학을 갖고, 돈을 키워나가는 방법을 찾아야 한단다. 부모의 영향보다 너 자신의 힘이 더 커지거든.

엄마의 경우 스무 살 이전부터 돈에 집착을 하지 않다 보니, 스물이 넘어서도 돈을 모으려는 생각을 하지 않았단다. 경제 개념이 없었다고 할 수 있지. 학교에서 경제교육을 받은 것도 아니고, 경제 관련 책 한 권을 읽지 않았으니 오직 부모로부터 보고 들은 것이 전부였단다. 그래서 20대 때도 돈에 대해 아무런 생각이 없었어. 돈에 대한 개념도 없고, 그저 막연한 긍정성만 갖고 있었지.

대신 한 가지는 분명했어. 학교를 졸업하면 무조건 경제적으로 독립하겠다는 마음은 있었단다. 그래서 대학을 졸업하자마자 공장에서 아르바이트를 시작했어. 한 달 아르바이트비가 얼마였는지 정확히 기억나지 않지만 말이야. 첫 월급을 타면 부모님께 빨간 내복을 사드려야 한다고 해서 얼마간의 용돈과 빨간 내복을 사서 들고 시골집에 방문했었어. 부모님이 대견해하시던 모습이 생각난다.

이후 대학병원에 입사하고 13년 넘게 직장생활을 했단다. 내게 필요한 돈은 생활비와 월세, 부모님께 드리는 약간의 용돈 정도였지. 나머지는 사회운동에 필요한 기부금을 냈고, 주변에 어렵게 사는 동료가 있으면 도와주곤 했단다. 월급의 50% 이상을 다른 사람을 위해서 썼던 것 같아.

과소비를 하지도 않았지만, 나를 위해 쓰는 돈도 많지 않았단다. 그렇다고 저축을 많이 하지도 않았어. 저축은 돈이 있으면 하고 없으면 하지 않았거든. 그냥 돈이 흐르는 대로 내버려두었어. 내가 버는 돈을 마치 공공의 재물처럼 다뤘어. 돈을 물처럼 대하니, 10년 정도 직장생활을 했는데 3천만 원 정도만 남더구나. 다행히 부모님께 의존하지 않고 결혼은 할 수 있었단다. 지금 서울에서 결혼하려면 3천만 원으론 턱없이 부족한 금액이겠지만, 20년 전 지방에서는 가능한 일이었단다.

엄마가 돈에 관심을 갖게 된 건 네가 태어난 후부터란다. 아이가 태어나니 불안정한 미래에 대비해야 한다는 생각을 하게 되었거든. 혹시 너에게 닥칠지 모를 부모의 부재도 준비해야 했고, 자녀 교육을 위한 자금이나 나를 위한 노후도 준비해야 했단다. 지켜야 할 사람이 생기니 돈에 대해 무감해서는 안 되겠다는 생각이 들더구나. 내 가정의 경제 상태를 점검하고 준비하는 것이 필요하다고 여겼지. 내가 돈에 대해서 너무나 아는 것이 없다는 것을 새삼 깨닫게 되었단다. 뒤늦게 수입과 지출을 따져 보고, 10년 후를 생각하며 경제계획을 세우기 시작했어. 처음에는 미래를 예견하는 것이 너무 막연하더라. 2000년대 초반에 한참 유행하던 책『나의 꿈 10억 만들기』는 경제에 대한 생각의 전환점이 되었단다. IMF 이후 '사오정'인 40~50대 가장들이 갑작스러운 퇴직을 당하는 일이 많아지면서 누구라도 노후를 대비하지 않으면 안 된다는 사회적 분위기가 만연했어. 직장에 다니던 남편도 언제 그만두게 될지 모르는 상황이었거든. 책은 미래를 위한 준비를 어떻게 해야 하는지 책이 잘 알려주었단다.

그러나 막상 시작하려 하니 어디서부터 어떻게 준비해야 할지 모르겠더구나. 4천만 원 전셋집에서 살던 나에게 10억 만들기는 그야말로 꿈과 같았지. 10억이면 미래를 위한 준비로 충분하겠다 싶어서 40세까지는 10억을 모으겠다는 목표를 가졌단다. 그리고 금전출납부를 쓰기 시작했어. 1년, 3년, 5년, 10년 후를 내다보면서 가계 운영의 포트폴리오를 짰지. 우선, 종잣돈 천만 원을 모으기를 시작해서 1억을 만들기로 마음먹었어. 차근차근 실천해 나가면 가능할 것 같더구나.

돈에 관심을 가지니 내 자산을 불려줄 사람을 만나는 것도 자연스럽게 이루어지더구나. 주변에 지인을 통해 보험사 직원도 만나고, 펀드에도 가입을 했어. 주식계좌를 만들고 주식에도 관심을 가졌단다. 40세에 10억 만들기를 위해 책에서 말하는 준비를 하나씩 해나갔단다.

20대 이전에 어머니로부터 돈에 집착하지 않은 태도와 돈에 대한 긍정성을 배웠고, 직장생활을 한 이후로는 경제적 독립과 돈을 가치 있게 쓰는 방법으로 기부를 배웠단다. 결혼 이후에는 돈을 아끼고 사랑하는 법을 배웠고, 사회의 여러 전문가를 통해 미래를 위한 돈을 키워나가는 방법을 배웠지.

지금 20대를 살아가는 너는 나보다는 좀 더 일찍 돈에 대해 배웠으면 좋겠어. 왜냐하면 엄마가 이십 대일 때는 누구나 가난했기 때문에 돈이 조금 부족해도 괜찮았거든. 요즘 시대는 돈이 없으면 자신의 꿈을 포기해야 하고, 사랑하는 사람과 함께하지 못할 수도 있겠더라. 그러니 너는 지금부터 돈에 대한 네 철학을 점검해 보고 부자가 되는 방법을 찾아가길 바란다.

네가 생각하는 부자는 어떤 사람이니? 마음의 부자이니? 억만장자를 부자라고 생각하니? 얼마를 가지면 부자라고 생각하니? 2019년 KB금융지주 경영연구소 발표에 따르면 사람들은 50억 이상의 자산을 가지고 있으면 부자라고 생각한다는구나. 『존리의 부자되기 습관』의 저자 존리는 부자란 돈을 벌기 위한 일을 하지 않아도 되는 '경제적 자유를 이루는 것'이라고 말했어. 『돈의 속성』

의 저자 김승호는 세 가지 조건을 달았지. 첫째, 융자가 없는 본인 소유의 집이 있고, 둘째, 어떤 경제적 문제가 발생하거나 신체적 상해가 생겨도 살고 있는 집이 있고 평균 소득 이상의 수입이 보장된 사람이며, 셋째, 더 이상 돈을 벌지 않아도 되는 욕망 억제 능력의 소유자가 부자라고 했단다.

엄마는 네가 언젠가는 마음뿐만 아니라 진정한 '경제적 자유를 누리는 부자'가 되었으면 한단다. 가난 때문에 너와 네 가족의 행복한 삶을 포기하는 일이 없도록 말이야.

부자의 체질을
만들어라

부자가 되는 데엔 다 그만한 이유가 있단다. 남들이 보기에는 쉽게 얻은 부(富)인 것 같지만, 부자 중 많은 사람들은 몸에 밴 부지런함과 검소함, 끈기와 인내, 뚜렷한 목적의식과 실행력, 앞을 내다볼 줄 아는 혜안(慧眼)을 두루 갖추고 있단다. 부자들은 부자 체질로 자신을 만들었고, 보통 사람들은 감히 상상할 수 없는 어려움도 헤쳐 나가서 스스로 부자가 된 거란다.

엄마는 할머니를 가까이에서 지켜보면서 부자가 된 사람은 그만한 이유가 분명히 있다는 것을 체감했어. 내가 들려주는 '가난한 아빠'와 '부자 엄마'의 이야기를 통해서 스스로 부자가 되는 방법을 찾고, 너를 부자 체질로 만들어 보길 바란다.

아버지는 법 없이도 살 사람이라는 말을 들을 정도로 온순하며 도리를 아는 사람이었어. 조용하면서 착한 분이셨지. 그래서 그런지 다른 사람에게 눈속임을 쉽게 당하시는 분이셨단다. 하루는 아버지가 시장에서 10만 원을 주고 사셨다며 외투를 들고 오셨어. 30여 년 전에 10만 원이면 꽤 비싼 돈이었지. 그런데 막상 옷을 펼쳐보니, 찢어지고 낡아서 입을 수 없는 헤진 옷이었지 뭐니. 또 한번은 스쿠터를 타고 가던 아버지를 신호를 위반하고 달려온 트럭운전사가 들이받은 거야. 머리를 크게 다쳐서 병원에 입원했지. 아버지를 찾아온 트럭운전사는 합의를 해 주지 않으면 운전면허를 잃는다고 했단다. 그 말을 들은 아버지는 젊은 사람이 그러면 안 된다며 묻지도 따지지도 않고 합의서를 작성해 주었어. 이득을 따지지 않는 아버지의 선한 마음은 알겠지만, 병원비도 합의금도 정해지지 않은 상태에서 벌어진 일이라 자녀들은 난감했지.

아버지에게는 돈이 들어오는 행운이 없었단다. 젊었을 때는 양계장도 하시고, 소랑 돼지도 키우셨는데 신통한 벌이는 못 됐어. 아버지가 닭을 키우면 닭값이 내려가고 소를 키우면 소값이 내려가는 식이었어. 돈에 대한 욕심도 없으셨고, 돈도 아버지를 따르지 않았지. 그나마 아버지께서 남에게 빚보증은 절대 서지 않아서 다행이라고 생각한다.

아버지는 몸도 약해서 일을 많이 하는 것도 힘들어하셨어. 조금 힘든 일을 해도 숨이 차다고 하셨고, 혈압이 낮아서 자주 힘들다고 말씀하시곤 했지. 아버지는 부자가 될 수 있는 근성도 체력도 부족하셨던 거야. 뇌졸중이 온 이후로는 경제적 책임도 내려놓았어. 혼자서 거동은 가능했지만, 뇌졸중으로 좌측 사지 마비가 있어서 절뚝거렸고, 팔에 힘은 약했지. 얼굴 마비로 음식물이 흐르거나 가끔 삼키는 것도 힘들다고 하셨어. 건강하지 않으니 부자가 되겠다는 마음도 사라지고, 실행력도 없어진 걸 거야. 아버지는 가난한 체질이었던 거지. 그래도 아버지는 어머니가 어떤 투자를 하려고 할 때나 집안의 중요한 결정을 상의할 수 있는 사람이었단다.

반면, 어머니는 부자가 되기 위한 충분한 체질을 가지고 계셨어. 무엇보다 천성적으로 부지런하고, 검소하고, 절약하는 습관이 몸에 밴 분이었단다. 다른 사람은 일어나지도 않을 시간 새벽 4시에 일어나서 논과 밭으로 나가 일을 하셨어. 다른 사람보다 한나절을 더 일찍 시작했어. 농사를 지을 때는 쉬지 않고 몸을 놀렸고, 일하는 속도도 다른 사람의 두 배는 빨랐거든. 어머니는 장정도 하기 힘든 농사일도 거뜬히 해낼 수 있을 만큼 기골이 단단하고 건강했다. 타고난 건강 체질이었던 거지.

어머니는 낭비하는 법이 없었으며, 아끼는 것이 몸에 밴 분이었단다. 자신을 위한 돈은 절대 쓰지 않았어. 몸이 아파 병원에 입원했을 때는 돈이 아까워서 말없이 집으로 가시기도 했고, 반찬을 아끼기 위해 음식을 짜게 만들기도 할 정도였으니까. 시장에 가서 물건을 살 때는 무조건 싼 것만 찾았고, 아이들 옷이나 신발은 오래 쓸 수 있는 넉넉하고 큰 것으로 샀단다. 가난한 살림에 어머니가 돈을 아낄 수 있는 방법이었을 거야.

어머니의 부자 체질에는 돈도 따라 붙었어. 어머니가 논과 밭으로 나가면 곡식과 채소들이 주렁주렁 따라왔어. 어머니는 이웃집 마실을 갔다가도 먹을 것을 얻어 오시는 분이야. 장사 수완도 좋아서 곡식과 채소를 장에 내다 팔아 돈을 벌었어. 빈손으로 시장에 나가도 송아지를 끌고 들어오곤 했지. 외상으로 사 온 송아지를 어미 소로 만들고, 어미 소가 다시 송아지를 낳게 하시더라. 어미 소는 팔아서 자녀 등록금을 대고, 송아지는 다시 키워 어미 소로 만드셨어. 볍씨 한 톨이 소가 되는 격이지. 돈이 모일 때까지 투자를 기다린 것이 아니라 타인의 자본을 제대로 활용한 투자 마인드를 가지고 계셨던 거야.

어머니는 본업인 농사만 짓는 것이 아니었어. 농한기에는 깨진 고무 함지박을 때우면서 도시에 나가 돈을 벌었단다. 농사 이외에 부업을 하신 거야. 집집마다 함지박을 많이 사용할 때였는데, 조금만 깨져도 사용할 수 없어서 버려야 했거든. 그런데 인두 하나만 있으면 어디든 가서 함지박을 때워주고 돈을 벌 수 있었어. 투자금도 필요 없고, 뛰어난 기술이 필요한 것도 아니었지. 그야말로 창의력이 돋보이는 일이었던 거야. 지금으로 말하면 대박이 날 만한 창업인 셈이지. 어머니는 돈이 없다고 포기하지 않았어. 몸이 고달파서 넋두리를 많이 하셨지만, 인내할 줄 아셨고, 당신 몸으로 할 수 있는 일이라면 무엇이든 하셨단다.

목표 의식도 분명했단다. 어머니의 목표는 '동네에서 제일가는 논 부자가 되는 것'이었어. 땅을 좋아하셨던 어머니는 땅에 대한 애착도 남달랐지. 땅에서 쌀이 나고 그 쌀을 팔아 자식을 키우게 되니 땅은 어머니에게 자식 같은 존재였는지도 몰라. "논을 사야 부자가 될 수 있다."라고 늘 말씀 하시곤 했어. 돈이 있으면 무조건 논을 샀고, 돈이 없을 때도 욕심이 나는 논이 생기면 살 정도였으니까. 시골 동네에서 어머니가 논을 사겠다고 하면 돈이 당장 없어도 계약이 성사됐단다. 어머니는 동네에서 최고의 부자가 되는 꿈을 이루기 위해 계속 실천해오신 거지.

그렇다고 어머니가 자신의 꿈을 위해 자식 교육을 포기한 것도 아니란다. 자식 교육을 위한 일이라면 당신 몸이 부서질지라도 돈을 벌었어. 당신이 배우지 못한 설움을 자녀에게 물려주고 싶지 않았던 거야. 당신에게 들어가는 돈은 아까워하면서 자녀 교육을 위해서는 최선을 다하셨지. 어머니는 목표를 세우면 이루어질 때까지 멈출 줄 몰랐단다. 생각만 한 것이 아니고, 실천력을 담보한 추진력은 다른 사람이 결코 따라올 수 없을 정도였어.

부지런함과 검소함이 몸에 밴 분이었고, 뚜렷한 목표가 있었으며, 투자에 대한 적극성과 창의적인 발상이 뛰어났지. 창의성을 돋보이게 하는 것은 적극적인 실천력 때문이란다. 안 된다고 중도에 포기하는 것이 아니라 조금의 가능성만 있어도 추진해 나갔어. 목표에 도달할 때까지는 포기하지 않는 끈기와 인내심이 있었지. 앞만 보고 달려가는 듯했으나 앞을 내다보며 묵묵하게 자신의 길을 간 것이란다. 이렇게 어머니는 부자가 되기 위한 충분한 마인드와 자질을 가지고 있었어. 어머니가 처음부터 부자 체질로 태어난 것인지, 살다 보니 부자 체질로 변한 것인지는 모르겠지만, 분명한 건 어머니는 부자가 되겠다는 목표를 가지고 꾸준히 실천했다는 점이야.

1950년대부터 2010년대까지를 빛나게 사셨던 어머니가 다시 2021년을 산다면 어떻게 사실까? 문득 궁금해진단다. 어쩌면 너는 과거와 요즘 시대는 다르다고 말할지도 모르겠다. 그러나 어머니가 20대 나이로 현재를 산다면 아마 부지런히 일하고, 열심히 공부하고, 아껴 쓰며 사실 것 같아. 창의력을 발휘해 새로운 일을 시도할 거고, 목표가 이루어질 때까지 멈추지 않을 거야. 어머니는 "부지런하고 검소한 삶을 사는 것이 돈을 벌 수 있는 제일 중요한 습관이란다."라며 "부자가 되겠다는 목표가 분명하고, 창의력과 실행력을 가져야 한다."라고 말씀하실 것 같아.

돈의 생리나 속성을 알지 못하고, 재테크 공부 없이 돈을 벌 수는 없단다. 그리고 돈을 버는 대로 쓰면서 부자가 될 수는 없어. 보너스 받았다고 사고 싶은 것 다 사면서 언제 돈을 모을 수 있겠니. 직장 일이 힘들다고 퇴사를 반복한다면 어느 세월에 종잣돈을 모아 투자를 할 수 있겠니. 힘든 일을 참고 견디지 않고 이루어 낼 수 있는 일이란 세상 어디에도 없단다.

게다가 부자가 되겠다는 목표가 없이는 실천력을 담보할 수 없단다. 자신이 부자가 되겠다는 마음도 없이 어떻게 부자가 될 수 있겠니. 정말 부자가 되고 싶다면 부자가 되겠다는 목표를 분명히 하고, 네 자신을 부자 체질로 바꾸길 바란다. 20대에 가장 필요한 부자 체질이 무엇인지 생각해 보고, 네가 정말 원하는 부자의 모습을 만들어 가길 바랄게.

부자가 되는
습관을 길러라

"엄마! 우리 반 ○○○이는 항상
돈을 많이 가지고 다녀. 10만 원 넘게 가지고 있어. 한 달 용돈이 10
만 원이 넘는대. 부모님이 부자인가 봐."

"너는 용돈이 많은 그 친구가 부러워?"

"아니, 돈 많아도 쓸 데가 없어."

"엄마는 아무리 엄마가 부자라도 초등학생 자녀에게 그렇게 많
은 돈을 용돈으로 주지는 않을 거야. 초등학생에게 많은 돈이 필요
한 것은 아니지 않니?!"

어느 날 학교에 다녀온 네가 친구의 용돈에 대해서 말했었지. 초
등학생인 네 용돈은 한 달에 8천 원이었어. 집과 학교가 5분 거리
에 있었고, 엄마가 늘 집에 있었으니 네가 밖에서 돈을 써야 할 일

이 별로 없었어. 학원도 다니지 않는 너에게 용돈이 그리 필요할 거라 여기지 않았거든. 나는 다른 부모들이 자녀들에게 용돈을 얼마나 주고 있는지 몰랐어. 단지 너와 내가 서로 용돈에 대한 의견을 교환하고, 서로 합의해 용돈을 주었지. 그래서 그런지 나는 너에게서 한 번도 용돈이 부족하다는 말을 들은 적이 없더구나.

네가 어렸을 때부터 엄마는 경제 교육에 꽤 공을 들였지. 부모로부터 받은 경제 교육이 너에게 평생 자산이 될 거라고 생각했기 때문이야. 엄마가 해 온 경제 교육 중에 가장 중요한 것은 아마도 적은 돈을 아끼는 법이 아닐까 생각한단다. 그래서 네가 초등학생 때부터 중학생 때까지 용돈기입장을 쓰도록 했지. 먼저 용돈 계획을 세우고, 기부는 몇 퍼센트 할 것인지, 저축은 얼마나 할 것인지를 너와 상의했어. 그리고 지출을 기록하도록 했지. 지금 생각해 보면 8천 원이라는 적은 용돈에서 얼마나 하겠다고 그렇게 했나 싶기도 하다. 그러나 엄마는 네가 용돈을 어떻게 사용할 것인지 생각하게 만들겠다는 목적이 있었어. 돈을 관리하는 방법도 배웠으면 하는 마음이었지.

용돈기입장을 쓰면 적은 돈도 아끼는 습관을 갖게 되고, 정해진 용돈에서 생활하는 계획성 있는 소비를 할 수 있는 훈련이 된단다. 지출 내역을 쓰는 것만으로도 소비 패턴을 파악할 수 있게 되지.

용돈기입장을 쓰면서 저절로 돈의 흐름을 파악할 수 있거든. 용돈기입장을 쓰면 이렇듯 장점이 많은데, 꾸준히 쓰는 것이 쉽지 않아. 꽤 관심을 갖고 세심하게 해야 하는 일이기 때문이야. 하지만 성인이 된 너에게 여전히 엄마는 다시 용돈기입장을 쓰라고 말하고 싶구나.

지금은 어렸을 때 썼던 용돈기입장과는 조금 달라질 거야. 돈의 씀씀이도 커졌고, 용돈뿐만 아니라 스스로 일해서 번 돈도 있을 테니까. 이전보다 용돈의 단위도 훨씬 커졌겠지. 그래서 네 돈의 흐름을 파악하는 것이 필요하단다. 매월 들어올 수입을 파악하고 지출해야 할 돈을 예상해 보아야 해. 저축이나 기부는 얼마나 할 것인지 미리 정해야 할 거야. 저축은 많이 할수록 좋겠지만, 네 생활이 너무 힘들어질 수 있으니 네 나름대로 적절한 수준을 정하는 것이 좋겠구나. 월 수입 중에 50% 이상은 무조건 저축했으면 해. '나는 100만 원밖에 안 되는데 어떻게 저축을 해'라고 생각한다면, 부자의 꿈은 멀어진단다. 그러니 지출보다 저축을 먼저 하길 바란다. 추가 수입이나 종잣돈을 마련하기 위해서 모은 돈은 전액 재투자하는 것이 좋단다. 재투자를 해야 돈이 불어나거든.

수입 중 일부는 꼭 기부를 했으면 좋겠구나. 매월 하든지 일 년에 한 번 하든지 적정 수준을 정해서 말이야. 기부는 남을 돕는 것이 아니라 함께 사는 기쁨을 배우는 나를 위한 것이지. 기부는 돈의 가치를 더 높여주는 좋은 행위일 뿐 아니라 적은 돈도 나누면 더 큰 기쁨이 되는 실천이란다. 너는 어릴 때 돼지저금통을 모아서 한 해에 한 번 이상은 기부를 했고, 어른들이 주신 용돈 중에서 10% 정도를 기부하기도 했지. 중학교 때부터는 매월 3만 원씩 네 이름으로 단체에 기부하고 있잖니. 어른이 되어서도 기부는 계속 이어졌으면 하는 바람이야.

지출은 미리 계획하면 좋을 거야. 가끔은 충동구매나 감성적인 지출을 할 수도 있겠지. 같은 값이면 친환경적이고, 동물을 보호하거나 어려운 이웃을 돕는 똑똑하고 현명한 소비를 할 필요도 있단다. 그러나 만일 지출이 많아서 네 생활이 힘들다면 돈을 아껴 쓸 수 있는 방법을 찾아야 할 거야.

소비를 줄이는 방법도 있지만, 수입을 늘리는 방법으로 아르바이트나 효과적인 재테크 방법도 시도해야 한단다. 지출을 잘 조절하는 만큼 수입을 늘리는 것도 중요해. 20대엔 서서히 경제적 독립을 해야 하거든. 경제적 독립을 위해 수입을 늘리는 일은 매우 중요하지. 그러나 지금 당장 수입을 늘릴 수 없다면 경제적인 독립을 위한 준비로 자신의 수입과 지출을 잘 파악해야 한단다. 지금 당장 실천할 수 있는 미래를 위한 준비로서 용돈기입장을 쓰는 건 경제적 독립을 위해서 꼭 필요한 일이야.

용돈기입장을 쓰기 위해서는 우선 문구점에서 마음에 드는 노트를 하나 사렴. 아니면 어플을 다운받아서 사용해도 된단다. 네가 쉽게 자주 활용할 수 있는 것을 선택하렴. 엄마는 최근에 용돈기입장 어플을 깔아서 지출할 때마다 바로바로 저장하거든. 그리고 한 달에 한 번 다시 엑셀에 저장한다. 엑셀에 저장한 자료는 인쇄해서 다시 노트에 붙여놓는단다. 주부인 엄마는 용돈기입장 대신 금전출납부를 쓰는 거야. 혼자 살 때 보다 살림살이가 더 커졌기 때문이지. 금전출납부를 쓴 햇수는 네 나이만큼 오래되었어.

표지에는 <나는 100억 부자다> 이렇게 딱 써서 붙여놓았어. 이렇게 큰 목표를 세우고, 한 해의 저축 목표도 세웠지. 100억 부자는 누구나 가능하다고 하니 도전하는 거야. 매월 한 번씩 들춰보면서 수입과 지출을 기록하고, 일 년에 한 번은 내가 이루고자 하는 꿈에 얼마나 가까워졌는지 확인하기도 해.

금전출납부를 쓰면서 우리 가계 경제 흐름을 파악하고 월별로 수입과 지출 계획도 세워 본단다. 이번 달은 추가 수입으로 보너스가 있는지 확인하고, 명절이나 가족의 생일, 내야 할 세금이 있는지도 파악해 보는 거야.

아이들이 성장하면서 등록금, 결혼자금, 독립자금 등은 계획을 세워 오랜 시간 꾸준히 준비해야 하지. 지출이 많아지는 시기가 있는데, 그럴 때를 대비해서 자금을 미리 모아두어야 한단다. 지출이 수입보다 많아지는 시기나 실직 혹은 퇴직하게 될 때는 마이너스가 되기도 하지. 그럴 때는 현명하게 아끼는 방법도 생각해야 해.

가끔은 아무리 아껴 쓰려고 해도 양보할 수 없는 지출도 있어. 가족 건강을 위한 소비는 아깝지 않단다. 부모에게는 자녀 교육비를 양보하기 어렵지. 경제 전문가들은 사교육비를 아끼는 대신 주식을 사주라고 하고, 노후를 위해서 노후자금을 마련하라고 하지만 부모들은 자녀 교육을 위한 돈을 줄이기 쉽지 않아. 부모에게 사교육비 다음으로 양보할 수 없는 지출이 전세자금 혹은 주택자금이란다. 자기 자본만으로 집을 마련할 수 없으니, 대출을 받아서 집을 빌리거나 살 수 밖에 없어. 본인 경제 수준에 맞게 대출을 받지 않았다면 하루하루가 고달프단다. 대출도 자신의 경제적 수준을 고려해서 적절하게 받아야 해. 부모들에게 교육비와 주택 마련 자금은 영원한 숙제일지도 모르겠다.

너에게도 아마 양보하기 어려운 지출이 있을 거야. 아이돌 음반이나 콘서트, 예쁜 옷이나 구두일 수도 있지. 직장인이라면 자동차가 될 수도 있어. 너에게 가치 있는 소비가 분명히 있을 거야. 용돈기입장을 쓰다 보면, 꼭 필요한 소비와 그렇지 않은 지출을 한눈에 보게 된단다. 그래서 저절로 지출의 우선순위와 중요도를 알게 되지. 용돈기입장을 썼을 뿐인데 허영심은 버려지고, 낭비하는 습관도 줄어들게 된단다. 아끼고 참아야 하는 인내가 고통이 아니라 견딜 만한 정도가 되는 거지. 때로는 인내 후에 기쁨도 얻을 수 있거든.

자신의 지출 내역을 살펴보다 보면 신용카드가 지출의 50%를 넘어 70~80% 이상을 차지하는 경우가 있을 거야. 아무리 열심히 용돈기입장이나 금전출납부를 써도 신용카드 사용으로 소비 패턴이 무너지기도 한단다. 그래서 꼭 필요한 지출이었는지 살펴봐야 해. 혼자 사는 너에게도 그렇지만 주부인 엄마에게도 신용카드는 돈 버는 기쁨을 하루아침에 빼앗아 가는 주범이기도 하단다. 월급 통장에 들어온 돈은 다음 날 고스란히 카드 대금으로 나가버려. 그렇게 되면 월급을 타지만 매달 새로운 빚을 지는 거란다. 그러면 한 달 내내 우울한 기분이 들곤 할 거야.

신용카드는 적은 돈을 관리하지 못하게 하고, 소비를 조장하는 주범이기도 하지. 너도 카드를 사용해 봐서 알겠지만, 카드는 눈에 보이는 돈이 아니기 때문에 내가 돈을 얼마나 어떻게 사용하는지 모르고 지출하는 경우가 많단다. 그래서 카드 사용은 지출을 통제하기 어렵게 하는 거야. 정해진 수입으로 한 달을 살아가기 위해서는 돈을 스스로 통제할 수 있어야 하는데, 신용카드는 그렇게 할 수 없게 만들어. 신용카드를 사용하는 건 카드회사에 돈을 빌려서 쓰는 빚과 같은 거야. 다음 달에 백만 원을 낼 터이니 한 달 먼저 당겨서 쓰는 것인데, 신용카드의 달콤한 유혹은 빚이라는 느낌이 없다는 데에 있어. 신용카드가 일반화되어 있어서, 우리가 의식하지 않을 뿐이란다. 포인트를 적립하거나 카드 할인으로 우리를 유혹하기도 하니까. 아끼는 것 같지만 결국 불필요한 지출을 하게 된단다.

신용카드를 사용하면 세제 혜택을 주니 더 나은 것 아니냐고 말하는 사람이 있어. 그러나 세제 혜택이란 신용카드 사용을 증진시켜 지출을 늘리는 것이 목적이란다. 연봉의 25% 이상 초과하는 지출 분에 대해서 공제 혜택을 해주는데 잘 따져봐야 해. 연봉 5천만 원이라면 카드 사용 1,250만 원을 초과하는 지출 분에 대해서 세액 공제 혜택을 준다고 하는 거야. 그런데 세액 공제를 위해서 신용카드 지출을 늘릴 필요는 없잖아. 세액 공제 50만 원을 받기 위해서 백만 원을 더 쓸 필요는 없지 않겠니. 게다가 체크카드나 현금영수증도 세제 혜택이 있으니 신용카드 대신 사용하면 되거든. 경제적 독립을 이루고자 하거나 부자가 되고자 한다면 신용카드 사용은 자제하고 체크카드나 현금을 사용하는 것이 좋단다. 신용카드를 없애야 용돈을 제대로 관리할 수 있어. 신용카드는 네 스스로 통제가 가능한 시점이나 네가 목표로 하는 돈을 모았을 때 사용했으면 해.

부자가 되려면 습관이 중요하단다. 20대에는 적은 돈을 아껴 쓸 줄 알고, 돈을 관리하는 힘을 길렀으면 해. 자신의 용돈을 관리할 줄 아는 사람은 큰돈도 관리할 줄 알게 되거든. 적은 돈을 아끼지 못하고, 관리하지 못하는 사람은 큰돈을 벌 수 없어. 돈이라는 것은 아끼고 사랑하는 사람에게는 오래 머무르지만, 그렇지 않은 사람에게는 순식간에 사라지는 속성이 있어. 용돈기입장을 쓰면 적은 돈도 아끼고, 관리하는 힘이 생긴단다. 매일 용돈기입장을 쓰면서 한 달 동안 용돈 흐름을 파악해 보렴. 네 돈의 흐름이 파악되고, 돈이 네 통제 범위에 들어올 거야. 신용카드는 없애고, 한 달 용돈 내에서 살아보렴. 한 달 용돈 내에서 살아가는 방법을 터득하면, 돈을 어떻게 모아 나갈지 방향을 잡을 수가 있어. 부자는 저절로 되는 것이 아니란다. 습관을 갖는 것이 중요하지. 지금부터 부자 되는 습관으로 당장 용돈기입장을 쓰고, 신용카드는 버리렴.

부모의 돈을
탐내지 마라

어른들의 세계에 대해 너는 아직 잘 모르지만, 유산상속과 관련한 다툼은 우리 주변에서도 자주 목격되곤 한단다. 법적 다툼까지 가지 않더라도 부모님 사망 후 형제간의 갈등이 벌어지는 경우가 많아. 내가 장남이어서, 내가 더 부모님 공양을 잘해서, 혹은 법적인 지위가 있으니 등등 부모의 재산을 차지하기 위한 자식들에게는 여러 이유가 있어. 대부분은 다른 형제들보다 자신이 더 많이 받고 싶은 마음에서 벌어지는 일이지.

네 할아버지, 할머니는 옛날에 나고 자란 분들이라 그런지 돌아가시기 전에 아들에게만 유산을 모두 남겨주었고, 딸들에게는 한 푼도 안 남기셨지. 법적으로 아들과 딸이 동등한 지위를 갖는데, 우리 부모님은 딸들에게 유산을 남기고 싶지 않았던 거야. 유산을 물려받고 싶은 마음보다는 한 점의 사랑도 나눠주지 않은 부모님에게 서운한 마음이 없지 않았지만, 부모님 생각이 그렇다는데 어쩌겠니. 유산과 관련해서 법적으로 보장하고 있는 부분도 있지만 이왕이면 상식적으로 이뤄졌으면 하는 바람이란다.

유대인의 격언에 '큰 부자에게는 자식이 없다. 상속자가 있을 뿐이다.'라는 말이 있어. 유대인들은 아이에게 선물 대신 돈을 주는 일은 절대 하지 않는다고 한단다. 선물이란 인간적인 유대를 확인하기 위해서도 필요하지만, 돈은 그런 의미와는 가장 거리가 멀다는 거지. 돈으로 애정을 대신할 수 없고, 애정의 표시로 주는 선물을 돈으로 대신할 수도 없다는 거야. 합당한 대가 없이 돈을 주면 오히려 모욕적으로 느낀다고 하더라.

유대인들은 아기가 태어나서 기어다니기 시작할 때부터 저금통에 동전 넣는 습관부터 금융경제 교육을 시작한다고 해. 저축뿐만 아니라 적은 돈부터 소중히 모으는 습관을 갖게 하는 것이란다. 용돈을 줄 때는 심부름을 하거나, 청소를 포함한 일거리를 수행했을 때 그에 합당한 용돈을 준다고 해. 세상에는 공짜가 없다는 것을 어릴 때부터 가르치는 거지. 초등학생 정도의 나이가 되면 각종 모임이나 행사에서 쿠키 판매, 책 판매 등 다양한 상품 판매를 경험해 보도록 한단다. 일의 가치와 장사에 대한 개념을 몸으로 심어

주는 것이지.

유대인들과 다르게 우리나라에서는 부모가 자녀들에게 돈을 주는 것을 당연하게 여겨. 성인이 된 자녀에게 돈을 주거나 결혼한 자녀에게 돈을 지원해주기도 하지. 일부 자녀들은 부모가 경제적 지원을 해주지 않으면 부모를 원망하기도 하더라. 부모로부터 받는 돈을 당연하게 생각하는 사람들이 많아서 그런지 성인이 되고, 가정을 이루어 살면서도 부모에게 기대어 사는 캥거루족이 많단다.

주변에도 결혼한 자녀들이 끊임없이 부모의 지원을 바라는 경우가 있더라고. 본인이 결혼할 때 부모가 전혀 지원을 안 해줘서 지금도 힘들게 사는 거라며 경제적 지원을 안 해준 부모를 원망하더구나. 부모님이 경제적 지원을 해주지 않아서 본인이 힘들게 살고 있는 것이 아니라, 부모님이 경제적 지원을 해주기 바라기 때문에 본인의 삶이 고달픈 것은 아닐까 생각해 본다. 부모를 원망할 시간에 어떻게 하면 스스로 경제적 자립도를 높이고, 부자가 될 수 있는지 공부하는 것이 더 효과적일 텐데 말이야.

부모가 자식에게 경제적 지원을 해주느라 노후에 돈 한 푼 없어서 자식에게 기대 오면 더 힘든 일이지 않겠니. 부모가 경제적 지원을 해주겠다고 하면 오히려 자식이 말려야 해. 부모를 위해서이기도 하고 자식 스스로를 위한 일이기도 하지.

어떤 자녀들은 사업 중에 끊임없이 부모한테 손을 벌리는 사람도 있어. 마음 약한 부모는 자식의 요구를 쉽게 거절하지 못하지. 결국 부모는 집을 담보하거나 퇴직금을 빼서 자녀의 사업 자금으로 빌려주지. 그래서 자녀의 사업이 번창했더라면 좋았겠지만, 자녀가 부모의 지원금을 모두 날려서 가난한 노후를 보내는 부모도 있단다. 젊었을 때는 건강하고 직장도 있어서 걱정이 없었지만, 노후자금을 모두 날린 부모는 70세가 넘어서 일자리를 찾아야 하는 힘든 생활을 하게 되는 거야. 점점 나이가 드니 아픈 곳도 자꾸 생겨 일자리를 찾을 수도 없지. 결국, 가난과 질병, 우울증까지 겹쳐서 힘겨운 노후 생활을 보낼 수밖에 없단다. 이렇게 노후를 보내는 사람이 뉴스에만 있는 것은 아니더구나. 내가 아는 분 중에도 이렇게 생활하시는 분이 있어. 정말 안타까운 일이지.

부모가 너에게 애정의 표현으로 주는 돈까지 마다할 필요는 없겠지. 그렇지만 나는 네가 살아가는 동안에 절대 부모 돈은 탐내지 말라고 말하고 싶단다. 이제 성인이 되었다면 네 스스로 돈을 벌어 생활하면서 완전한 경제적 독립을 이루길 바라는 마음이란다.

네가 학교에 다니는 동안에는 부모님에게 의존해서 살아갈 수밖에 없지만, 스물이 넘으면 용돈 정도는 너 스스로 벌어서 생활할 수 있다고 생각한다. 손재주나 창의력이 뛰어나다면 손수 제작하여 판매할 수 있고, 시간적인 여유가 있으니 아르바이트를 할 수도 있을 거야. 무엇이든지 시도해 보면 좋겠구나. 부모가 돈이 많든 적든 스스로 돈을 버는 일은 매우 중요하단다. 일을 통해서 노동의 가치를 배울 수 있고, 돈의 소중함을 배울 수 있어. 나아가 돈을 저축하고, 투자할 수도 있지. 돈을 키우는 방법을 스스로 터득해 갈 수도 있어. 그렇게 경제적인 독립을 이루어내는 거지. 네 힘으로 이룬 경제적 독립은 자신에 대한 긍지와 자부심을 갖게 한단다.

그동안 너도 부모님이 주신 용돈을 당연한 것으로 여겼을 거야. 가끔 우리 부모님은 용돈을 왜 이렇게 적게 주시느냐고 투덜거렸을 수도 있어. 네가 돈을 벌어 보면 알겠지만, 부모님이 돈을 벌기 위해 어떤 노력을 했는지 새삼 느끼게 될 거야. 돈을 통해서 부모님의 노고에 감사하는 마음이 생기게 되는 거지.

직장 생활을 하거나 사업을 하는 경우라면 이제 부모로부터 완전한 경제적 독립을 이루길 바란다. 얼마간은 부모님이 지원해 줄수도 있겠지. 공간적 독립을 위해 전세금을 마련해 줄 수도 있고, 창업의 초기비용을 대줄 수도 있을 거야. 부모님이 경제적 여건이 되어 무상으로 도와줄 수도 있고, 어떤 조건을 걸고 대출을 해줄수도 있겠지. 그러나 부모님의 지원을 당연한 것으로 생각하지 않았으면 좋겠단다. 어떤 형태의 지원이든, 그 돈은 본인의 돈이 아닌 거야. 냉정히 말하면, 자기가 스스로 노력해서 얻은 돈이 아니니 갚아야 할 빚이라고 생각하는 것이 좋을 것 같구나. 그래야 직장 생활이나 자기 사업에 더 열심히 몰입할 수 있기 때문이란다. 만약 부모님이 어떠한 경제적 지원도 보태지 않았다면 오히려 고맙게 생각하렴. 네가 다른 사람보다 더 빨리 경제적 독립을 할 수 있는 기회를 얻은 것이니까.

스무 살, 이제는 부모의 돈에 대해서는 신경을 끄자. 부모님 돈은 부모가 알아서 하도록 하고, 너는 너의 돈에 관심을 갖도록 하렴. 언제까지 부모님께 의존하면서 살 수는 없잖아. 부모님의 힘과 노력으로 일군 돈에 욕심부리지 말고, 네 힘으로 네 자산을 일구어가렴. 그것이 진정 값진 돈이고 가치 있는 돈이란다.

20대 이전에 가난한 것은 부모님을 탓할 수 있지만, 60대 이후에 가난한 것은 부모를 원망해서는 안 되는 것이지. 너는 이제부터 스스로 경제생활을 꾸려갈 힘을 만들어야 할 거야. 완전한 경제적 독립을 이루기 위해서 어떻게 해야 할지 공부도 해야 한단다.

부모로부터 물려받아야 할 것은 돈이 아니란다. 삶의 경험과 지혜, 가치와 철학을 물려받으려고 했으면 해. 돈을 벌고, 돈을 모으고, 투자하는 방법을 배웠으면 한단다. 부모를 좋은 경제 교과서로 삼아 따라 배우면 좋겠지. 그러나 부모의 실패에서도 너는 좋은 깨달음을 얻었으면 좋겠구나.

부모의 가르침이 있었다면 더 좋겠지만, 부모의 가르침이 없었더라도 실망하지 않아도 된단다. 넘쳐나는 책과 동영상, 강연들이 좋은 본보기가 될 수 있을 거야. 그러니 이제는 스스로 경제 교육을 받고 부를 찾아 떠나는 여행을 해보자. 경제적으로 완전한 독립을 이룰 때까지 스스로 일구어 가는 즐거운 여행을 하자꾸나.

최고의 재테크는
자신의 본업이다

너는 부자가 되고 싶니? 그것도 다른 사람보다 더 빨리 말이야. 그렇다면 다른 사람에 휩쓸리지 말고 지금 네가 하는 일에서 답을 찾아야 한단다. 지금 네가 하는 네 일이 최고의 재테크란다. 네 자신을 가꾸고 네 힘을 키우는 것이 가장 좋은 재테크인 거지. 재테크는 재산을 늘리는 기술과 방법이야. 사실 재테크는 돈 있고, 시간 있고, 여유 있을 때 하는 거야. 돈 한 푼 없고, 시간도 마음의 여유도 없을 때 재테크를 하면 돈이 불어나지 않는단다. 돈은 조급하게 굴린다고 불어나는 것이 아니거든. 오히려 이럴 때는 돈을 잃을 수가 있으니 주의해야 해. 특히, 가진 것이 없는 20대에는 남들이 말하는 재테크보다 자신이 원하는 재테크를 하는 것이 가장 빠르고 확실한 길이란다.

본업으로 재테크에 성공한 사례를 볼까? 엔터테인먼트의 상장과 함께 아이돌 그룹 방탄소년단(BTS)이 받게 될 주식이 세간의 관심을 모았지. 멤버 한 명당 보유 주식은 6만 8천 주 정도라고 해. 1인당 평가액만 92억에 이른다고 하니, 하루아침에 BTS 멤버들은 부자가 되었지. BTS 멤버가 연습하는 장면을 보면 이들이 얼마나 열심히 자기 일에 노력하는지를 알 수 있단다. BTS는 자기 본업을 열심히 하여 최고의 성과를 이뤄 부자가 된 거야.

뼛속까지 연예인이라고 말하는 이효리도 본업인 가수와 연예활동을 통해서 부자가 되었단다. 피겨 여왕 김연아 선수나 박지성, 손흥민 선수 역시 자신의 본업을 통해서 최고의 성과로 얻은 결과로서 부와 명성을 거머쥐었지.

성공한 가게나 식당들도 마찬가지란다. 예를 들어, 된장찌개를 하나 만들어도 정성을 다하고, 새벽에 시장에 나가 신선한 재료를 직접 고르지. 세계에서 제일 맛있는 된장찌개를 만들기 위해서 끊임없이 연구한단다. 멸치는 몇 개를 넣어야 하고, 얼마나 오랫동안 끓여야 맛있는 육수를 낼 수 있는지 고민하지. 최고의 맛을 내기 위해 언제 된장을 풀어야 하는지, 두부와 호박은 언제 넣어야 하는지 자신만의 비법이 있는 거야. 자신의 본업에 열정적으로 집중하다 보면 돈과 인기가 따라오는 법이지.

가수나 운동선수, 배우뿐만 아니라 사업가든 발명가이든 모두 본업에 충실한 사람이 성공을 거둬. 주변에서도 한 직장에서 오랫동안 꾸준히 자기 일을 열심히 한 사람들이 승진도 하고, 연봉도 많이 받더구나. 자주 직장을 옮기거나 투자한다고 왔다 갔다 하는 사람들은 돈이 쌓이지 않는단다.

엄마도 직장에 다니고, 아이를 키울 때는 재테크에 거의 신경 쓰지 못했단다. 직장에 다닐 때는 오로지 직장만 다니면서 내가 해야 할 일, 이루고 싶은 꿈에 몰두했지. 엄마가 20대 때는 재테크라는 개념이 없었어. 20여 년 전 재테크란 오로지 자신의 노동력뿐이었지만, 저축만 잘해도 어느 정도는 돈을 모을 수 있었어. 엄마도 직장 생활해서 모은 돈으로 결혼도 했고, 13년 넘게 다닌 병원을 퇴사할 때는 퇴직금도 3천만 원 넘게 받을 수 있었단다. 엄마가 직장 생활을 하지 않았다면 그 돈을 어디 가서 얻을 수 있었겠니.

아이를 키울 때는 오로지 육아만 했단다. 육아만 하기에도 바빠서 재테크는 엄두도 내지 못했지. 재테크는 가능하면 직접 투자보다는 전문가에게 의뢰하는 간접투자방식을 택했어. 대신 엄마는 아이 키우는 것만큼은 최고가 되려고 했지. 미친 듯이 육아 책을 읽었고, 강연도 쫓아다녔어. 아이를 경쟁에 내몰고, 여러 사람에게 비교당하는 일 없게 하려고 사교육에 맡기진 않았어. 사교육 없이도 제대로 아이를 키우겠다는 마음으로 아이를 돌보다 보니 재테크는 생각도 못 했지. 내 손으로 아이를 키우고, 내 사랑을 온전히 주기 위해 노력했어. 아이를 제대로 키워내는 것이 그 무엇보다 중요하다고 생각했으니까. 요새 말로 하면 한 사람을 제대로 키워내는 일이야말로 부모로서 최고의 재테크라고 여겼던 거지.

지금 돈이 없고 가난하다며 낙담하는 사람이 있을 수도 있겠지. 그러나 성공한 사람들 모두 처음부터 부와 명성을 얻었던 것은 아니란다. 자신의 본업에 집중하고, 열심히 공부하고 노력하면서 얻어낸 결과라고 할 수 있지. 본업으로 최고의 성과를 이루어냈고, 본업으로 부자가 된거야. 재테크로 부자가 된 것이 아니야. 최고의 투자가인 워런 버핏도 투자 경력만 따지고 보면 40년이 넘는다는구나. 시장의 상황이 여러 번 바뀌었음에도 뛰어난 투자 성과를 냈던 건 다른 투자자들이 시장의 유행에 이리저리 몰려다니거나 비밀스러운 투자기법에 몰두하는 동안 기업의 영업, 경영, 재무 등을 분석한 덕분이라고 해. 대부분 투자자들이 주가만 살펴볼 때 그는 기업을 분석했대. 철저하게 조사하고 분석해서 투자했다고 하는구나.

많은 투자 전문가들은 하나같이 본업에 충실하라고 조언한단다. '최고의 투자는 자신에게 투자하는 것'이라고 말하더구나. 하지만 너는 전문가들의 이야기가 귀에 들어오지 않을지도 모르겠어. 친구가 주식 투자해서 '용돈 벌었다'라는 말이 더 솔깃할 수도 있겠지. 빌 게이츠가 100억 벌었다는 이야기보다 친구가 10만 원

벌었다는 말이 더 부러울 수도 있단다. 그래서 친구 따라 주식을 샀는데, 주식값이 계속 떨어지는 거야. 또 주식을 팔았는데, 내가 주식을 팔고 나니 주식이 오르기도 할 거야. 결국, 나만 손해를 보게 되는 거지. 가끔은 생각 없이 주식을 조금 샀는데, 주식이 올랐을 수도 있어. 하지만 노력하지 않고 얻은 돈은 또 쉽게 빠져나가기도 한단다.

그러니 시간도 없고 돈도 없는데 재테크에 관심을 갖기보다 네가 노력해서 확실한 효과를 얻을 수 있는 것에 투자했으면 해. 성과가 확실하고 누구도 훔쳐갈 수 없는, 평생 가져갈 수 있는 확실한 재테크인 지금 하고 있는 본인의 일에 투자하기 바란다. 남들이 모두 좋다고 해도 너의 관심 분야가 아니고, 중요하다고 생각하는 것이 아니라면 굳이 따라가지 않아도 된단다. 너만의 영역에서 너의 특기로 살면 된다. 사람들에 휩쓸려서 투자하기보다는 자신의 주관대로 사는 것이 훨씬 좋단다. 여기저기 기웃거리며 마음을 빼앗기다 보면 정작 중요한 것을 놓치게 되니까 말이야.

몇 푼 안 되는 돈으로 재테크해서 한 달에 백만 원을 벌 수 있겠니? 아니면 공부 열심히 해서 장학금 받는 것이 더 빠르고 확실할까? 직장인이라면 한 달에 꼬박꼬박 300만 원을 벌고, 일을 잘하면 보너스도 받을 수 있지. 그런데 네가 매달 재테크로 300만 원을 벌 자신 있니? 한 달에 정기적으로 들어오는 돈은 비정기적으로 들어오는 천만 원보다 더 가치가 있는 돈이란다. 이것저것 하느라 마음과 시간을 빼앗기면서 얻은 100만 원보다 네 힘과 노동력으로 번 10만 원은 나중에 더 큰 성과로 보답하는 날이 와. 그러니 20대에는 네가 하는 일에 집중했으면 좋겠구나.

엄마가 다니는 직장에도 주식에 관심이 있는 사람이 있어. 수시로 주식시황을 들여다보고, 관련된 이야기를 많이 해온단다. "아, 몇 주 샀는데, 계속 떨어져요. 오늘은 마이너스 10%네요. 친구는 100만 원 벌었다던데…."라면서 말이야. 온통 관심은 주식에만 있지. 직장 일에는 집중하지 못해. 사실 이렇게 직장 생활하는 사람치고 일을 제대로 하는 사람 별로 없는 것 같구나. 아무리 적은 돈이라도 내 돈이 들어갔으니, 조금만 떨어져도 가슴이 조마조마하지. 조금만 오르면 기분이 좋아져서 언제 팔지 들여다보게 된단다. 결국, 직장 일은 손에 잡히지 않겠지. 불을 보듯 뻔한 일이지.

20대에는 누가 뭐라 해도 자기 본업에 충실했으면 좋겠구나. 학생이라면 공부를 열심히 하고, 직장인이라면 자신의 분야에서 최고가 되기 위해 노력하길 바란다. 본업에 충실한 후에 시간적 여유도 생기고, 종잣돈도 만들어지면 그때 본격적인 투자를 시작해도 늦지 않단다. 이렇게 준비가 되었을 때는 망설이면 안 되겠지. 준비가 다 되었는데도 망설이게 되면 오히려 평생 후회하게 되거든. 준비가 되면 적극적으로 투자를 하길 바란다. 그러나 20대인 너는 네 몸값을 키우는 것이 제일 중요하단다. 선택과 집중을 통해서 높은 성과를 만들어 보렴. 몰입하지 않고 이룰 수 있는 일은 별로 없어. 돈을 좇아 부자가 되기보다 일을 즐기면서 하다 보면 저절로 부자가 된단다. 네 본업에 충실하는 것이 최고의 투자라는 것을 잊지 말렴.

돈이 모이고
흐르는 길을 찾아라

2020년 코로나19가 전 세계로 확산되고, 장기화되면서 주식시장에는 소액 개인 투자자들이 많이 등장했단다. 주식투자를 하는 소액 개인 투자자를 일컬어 '동학개미'라고 불러. 2020년 한국 주식시장은 외국인 투자자가 한국 주식을 팔면서 급락세로 이어졌어. 외국인의 주식 매물을 개인 투자자들이 받아내면서 우리나라 주식 장을 떠받쳤던 거지. 그 모습이 마치 반외세 운동을 벌인 동학농민운동을 보는 것 같다고 해서 '동학개미운동'이라는 이름이 붙여졌단다. 2020년 한국의 주식시장은 '동학개미'들에 힘입어 반등에 성공했어. 한국 주식시장에서 개인 투자자들이 불러일으킨 힘이 대단했던 한 해였지. 어린아이부터 80대 노인까지 주식계좌를 만들고 주식투자를 했다고 하더구나. 청소년들은 게임처럼 주식투자를 하고, 부모들은 태어난 아이들에게도 주식을 사주었지. 많은 사람들이 저축통장 대신 주식계좌를 갖게 되었어.

엄마도 동학개미운동에 덕분에 10년 만에 다시 주식투자에 관심을 갖게 되었고, 얼마 전에는 너의 손을 잡고 증권회사에 방문하여 네 주식계좌를 개설하게 했지. 그리고 너도 스마트폰에 증권회사 어플을 깔아 주식 투자할 수 있는 준비를 마쳤잖니.

너에겐 이미 주식에 대한 경험이 있을 거야. 네 친구가 애플 주식을 샀다며 수익이 얼마라고 말하는 것을 들었다고 했고, 친구가 애플 스마트폰 사라며 너에게 영업을 한다고 웃으며 이야기하기도 했잖아. 너는 친구를 통해서도 주식을 접하고, 엄마를 통해서도 주식을 가깝게 느꼈을 거야. 10년 전 네 종잣돈으로 주식에 투자하기도 했지. 명절이나 생일을 맞이하여 네가 받았던 용돈과 세뱃돈 100만 원을 모아서 주식에 투자했어. 수익이 나기까지 시간은 걸렸지만, 의미 있는 주식투자였다고 생각해.

며칠 전에는 네 등록금 명목으로 저축한 돈 350만 원을 지난 일 년간 적금하여 이자 7만 5천 원 정도를 받아. 투자한 주식이 불과 몇 개월 사이에 30% 이상 오른 것과 비교하면 이자율 2.3%로 받아든 돈은 너무 적은 돈이었지. 네 경험에서 지금은 저축이 아니라 주식투자를 해야 한다는 사실을 너도 절로 알게 되었을 거야.

다들 주식투자를 해야 한다고 하지만, 너는 관심이 가지 않을 수도 있어. 사실 돈에 큰 관심이 가지 않을 나이이기도 하니까. 네가 직장 생활을 하고 있다면 좀 더 관심을 가질 수도 있겠지만, 아직은 학생이고, 너의 관심 영역은 따로 있으니 어쩌면 당연해. 주식을 할 것인지, 말 것인지는 네 선택의 자유란다. 모든 투자가 그렇지만, 주식투자도 네가 관심이 있고, 시간적 여유가 있고, 여윳돈이 있을 때 시작하면 된단다. 그러니 지금 주식투자에 관심이 없어도 괜찮아. 다만, 엄마는 지금 네가 미래를 위해서 '주식이란 무엇인지, 주식투자란 어떻게 해야 하는지' 정도라도 알고 있었으면 한단다.

요즘 시대에 한 가지 분명한 것은 돈을 모으기 위해서는 주식투자를 하지 않으면 안 되는 게 현실이라는 거야. 엄마가 스무 살이던 1988년과 스물다섯 살이던 1993년에는 주식은 몰라도 됐었지. 1988년도와 1993년도에는 아는 것 하나 없어도 은행에 꼬박꼬박 돈만 넣으면 이자 15%~20%를 받을 수 있었단다. 그러나 2021년을 살아가는 스무 살인 너나 쉰 살인 엄마도 주식을 모르고 경제에 대해서 모르면 부자는커녕 돈을 키워 갈 수가 없단다. 돈을 벌고 부자가 되는 방법은 다양해졌고, 정보도 많이 공개되어 있지만, 공부하지 않고 알지 못하면 부자가 될 수 없는 게 현실이란다.

은행이자는 턱없이 낮고, 물가와 집값은 한없이 오르거든. 창의력이 뛰어난 사업 수단도 없고, 새로운 일을 시작하기에는 준비가 되어 있지 않다면 자신의 노동력만으로 돈을 버는 데는 한계가 있지. 그런데 나보다 창의력도 뛰어나고 사업 수완도 있고, 젊고 능력 있는 사람들이 운영하는 회사가 있어. 내가 잠자는 동안에도 돈을 벌 방법이 있고, 몇천 원부터 몇만 원 정도의 적은 금액으로도 투자가 가능하대. 기간에 상관없이 투자할 수 있대. 손해를 볼 수도 있지만, 장점이 많은 투자가 있다는 거야. 그게 바로 주식투자란다.

주식은 주식회사의 자본을 구성하는 단위야. 주식투자라는 건 주식회사의 자본을 기본 단위인 주식에 자금을 투자해서 이익을 내는 일이지. 주식회사란, 한 사람이 만든 회사가 아니라 여러 사람이 돈을 투자해서 만든 회사란다. 여러 사람이 돈을 투자한 만큼 책임과 권한도 나눠 갖게 되는 거야. 소유와 권한이 나누어져서 주주는 경영에 대한 책임은 지지 않거든. 주주는 회사채무에 대해서는 직접 책임지지 않고, 자신이 인수한 주식의 가액 한도에서 출자 의무만 부담할 뿐이야. 즉, 자신이 산 주식 가격이 떨어지면 그만큼 손해를 보고, 주식 가격이 올라가면 이득을 볼 뿐 회사의 빚을 갚아야 하는 책임은 없는 거지.

주식을 살 때는 회사가 흑자를 낼 수 있는 경영 전략이나 사업 내용을 갖고 있는지, 발전 가능성이 있는지, 채무는 얼마인지, 영업 이익이나 순이익은 어떻게 되는지 등을 따져 보고 투자해야 하는 거야. 자신이 투자한 돈이 수익을 내기 위해서는 자신이 산 회사가 수익을 낼 수 있는 좋은 주식이어야 해. 주식을 산다는 건 회사의 주인이 되는 것이란다. 그러니 주식투자를 위해서는 경영자의 마인드를 가져야 해. 경영자의 마인드로 회사의 손익과 가치를 따져야 하고, 회사를 운영하는 경영자의 철학도 따져 보아야 하지. 경영자의 철학은 회사의 미래를 좌우할 수 있기 때문이란다.

그래서 주식투자 전문가들은 '자신이 잘 아는 주식에 투자하라', '좋은 주식을 사서 장기투자하라'라고 조언한단다. 자신이 주식에 대해서 잘 알려면 스스로 공부하고 주인의식을 갖고 따져봐야 해. 그래야 어떤 주식이 좋은 주식인지 알 수가 있어. 좋은 주식을 사야 오래 가지고 있으면서 장기투자가 가능한 거야. 주가가 떨어지든지 올라가든지 상관없이 회사에 대한 믿음이나 흐름에 대한 안목이 있으니 기다릴 수 있는 거지.

주식투자를 위해서는 책도 읽어보고, 강연도 듣고 주식시황이나 경제 이슈도 챙겨서 읽으면 좋겠구나. 전문가에게 자문도 구하고, 주주총회에도 참석해 보길 바란다. 주식투자는 쉽지 않아. 한 회사를 알기 위해서는 우리나라의 경제도 알아야 하고 세계 경제의 흐름도 알아야 해. 경제의 흐름을 읽을 수 있어야 회사의 전망도 내다볼 수 있거든. 배우면서 투자하고, 투자하면서 또 배우는 거지. 모든 걸 다 알고 투자하는 것은 아니란다.

요즘은 너 나 할 것 없이 주식에 투자하는 걸 돈벌이 수단으로만 생각해서 회사에 대해 알아보지 않는 사람이 많더라. 공부하지 않고 투자하거나 묻지마 투자로 아무것도 따져 보지 않고 주식을 사는 경우도 많아. 친구가 좋은 주식이라고 말하거나 인터넷 방송을 보고, 혹은 투자회사의 직원 말만 듣고 투자하는 사람도 있단다. 이런 묻지마 투자는 재산을 불려 나가기도 어렵고, 재산을 잃을 수도 있거든.

또 어떤 이들은 등록금이나 전세자금을 빼거나 빚을 내서 투자하는 사람도 있단다. 이렇게 기간이 정해진 돈이나 빚 내서 하는 투자는 하지 않았으면 해. 이런 돈은 투자하는 사람의 마음을 급하게 만들어 주식이 오를 때나 내려갈 때를 기다리지 못해서 적절한 수익을 내지 못할 뿐만 아니라 손해를 볼 가능성이 크거든. 주식은 마음을 급하게 먹어서 돈을 벌 수 있는 투자가 아니란다. 충분한 시간과 여윳돈으로 투자해야 수익을 낼 수 있어. 전문가들이 말하는 '주식투자는 여윳돈으로 하라', '절대 빚 내서 투자하지 마라' 등의 원칙은 네가 꼭 귀담아들어야 해. 투자는 돈 욕심에서 하는 투기가 아니라 시간과 노력에 의한 관심이라는 점을 기억하렴.

주식투자를 할 때는 네가 하고 있는 일이나 학업에 지장이 되지 않는 선에서 했으면 좋겠구나. 진정한 재테크란 본업 이외에 조금 나은 수익을 내는 것이 목적이기 때문이란다. 주식투자 한다고 자신의 본업을 소홀히 하는 것은 투자 목적에도 맞지 않아. 예를 들면, 국내 주식은 낮에 매매를 해야 하니, 밤에 주식 장이 열리는 미국 주식을 산다든가. 혹은 네가 관심 있는 분야 중 업계 최고의 회사를 골라서 매달 한 주씩만 사렴. 일 년간 꾸준히 사면 12주가 되겠지. 저축하듯이 꾸준히 매달 사는 거야.

주식을 맹신하는 사람도 있지만, 주식투자에 대해 부정적인 시각을 가진 사람도 있단다. '주식 하면 폐가망신한다', '주식은 절대 할 게 못 된다'라고 말하며 주식 근처에도 못 가게 하는 사람도 있어. 아마도 주식에 투자해서 손해를 본 사람이거나, 주식으로 전 재산을 날린 사람일 수 있겠지. 아니면 주식투자 한다며 자기 본업에 충실하지 않은 사람을 보면서 부정적인 생각을 가졌을 수도 있고.

모든 투자가 그렇듯 주식투자도 장점과 단점이 있단다. 수익률이 높을 수 있지만, 위험하기도 하지. 주식을 할 것인지 말 것인지는 네 선택이야. 그러나 돈은 흐르는 물처럼 돈길을 따라 돈이 모이는 곳, 돈이 되는 곳으로 몰리게 되어 있어. 2021년도에 돈의 길은 주식으로 흐르고 있는 것 같구나. 네가 부자가 되고자 한다면 반드시 알아야 할 것이 주식이란다. 주식을 하게 되면 경제에 대해서도 배울 수 있으니 주식만큼 좋은 공부도 없어. 그래도 너처럼 주식에 관심이 없고, 두렵다면 주식에 직접 투자하지 않는 것이 좋겠구나.

주식투자는 부모님이나 전문가에게 맡기고 너는 네가 할 수 있는 일에 집중하는 것이 제일 좋은 투자란다. 어떤 투자가 되었든 자신이 행복한 투자가 진정한 재테크란다.

편안하고 안락한
내 집을 가져라

내 집을 마련하기 위해서는 좀 더 오랜 시간과 노력이 필요할지도 모르겠구나. 아무리 집값이 비싸다고 해도 '대한민국 하늘 아래 내 집 하나 없으랴'라는 마음으로 내 집 마련에 도전하면 좋겠구나. 처음부터 자기 집을 가지고 시작하는 사람은 많지 않아. 남과 비교하지 말고, 자신만의 목표와 도전으로 방법을 찾아갔으면 해. 다른 사람들은 어떻게 내 집 마련의 꿈을 이루었는지 들어보는 것도 좋겠구나. 엄마가 20대일 때와 지금은 상황이 다르지만, 엄마가 집을 마련했던 과정을 통해 간접적으로나마 생각해 볼 수 있었으면 해.

엄마는 고등학생 때부터 자취방을 구해서 생활했단다. 결혼 전까지 이사만 10여 차례 했어. 학생 때는 어머니가 자취방을 구해 주셨는데, 무조건 값이 싼 방만 얻어 주셨단다. 대신 아무리 돈이 없어도 무조건 전세로 구해주셨지. 월세는 매달 나가는 돈이지만, 전세는 나중에 돌려받을 수 있었거든. 방 한 칸에 100만 원 정도였던 것 같아. 싼 집의 특성은 학교와 집의 거리가 한 시간 이상 걸린다는 점이야. 대중교통을 이용하려면 15분 이상 걸어가야 했어. 화장실이나 수도를 주인집과 함께 사용하는 경우도 많았지. 부엌이 있는 경우라면 그나마 다행이었단다. 처음 자취할 때는 연탄보일러였는데, 추운 겨울에 연탄불이라도 꺼지면 벌벌 떨며 연탄불을 지펴야 했어. 연탄가스가 방으로 새어 들어와 연탄가스에 중독되기도 했단다.

직장 생활을 시작하면서는 내가 직접 자취방을 구했어. 직장까지 걸어서 다닐 수 있는 곳에 자취방을 얻었단다. 방 한 칸에 부엌한 칸이었지만 이전보다는 훨씬 좋아진 곳에서 생활할 수 있었지. 기름보일러 난방에 부엌이 따로 있는 자취방이었어. 돈에 자취방을 맞춘 것이 아니라 나의 요구에 맞게 자취방을 구한 거지. 처음에는 보증금 10만 원에 월세 10만 원으로 시작했단다. 다음은 보증금 500만 원에 월세 10만 원으로, 몇 년 더 돈을 모아서 전세 천만 원으로 갈아탔지. 매월 나가는 월세가 없으니 훨씬 좋았어. 월세 10만 원은 버리는 돈 같아서 아까웠거든. 요즘은 전세로만 하는 자취방이 없어서 아쉽긴 한데, 가능하면 전세 대출을 받더라도 월세를 없애고 전세금을 높이는 것이 좋단다.

결혼은 직장 생활 7년 후에 했어. 그때는 살림이 조금 더 나아져서 아파트에서 신혼살림을 시작할 수 있었단다. 새 아파트에서 전세 4천만 원에 시작했어. 지방이라 아파트값이 저렴한 편이었지. 너를 낳고 계속 같은 아파트에서 살고 싶었는데, 계약이 끝나기도 전에 집주인이 아파트를 매매한다며 집을 비워달라고 하더구나. 어쩔 수 없이 다른 집으로 이사를 해야 했어. 오래된 아파트이기는 했지만, 결혼 2년 만에 6천5백만 원 정도의 내 집으로 이사를 할 수 있었어. 그리고 결혼 10년 만에 지방에서 서울로 이사를 왔단다. 지방에서 살던 집값과 서울의 집값은 차이가 많이 났기 때문에 고민이 되더구나. 서울로 이사 올 때 돈이 부족해서 주택담보대출을 많이 받았고, 전세로 시작할까 했으나 집을 사는 것이 나을 것 같아서 조금 무리하게 집을 샀단다. 그래도 절약하면 갚을 수 있다고 생각했거든. 이전에 여러 차례 이사를 경험해 보니 전세로 사는 것은 생활이 불안정할 수 있고, 잦은 이사 부담이 있을 거라 예상되었지. 더구나 아이들이 학교에 다니면서 자주 전학을 가게 되면 적응에 문제가 있을 것 같았어. 재테크 목적이 아니라 우리 가족이 안정적으로 살 집을 구했단다. 결과적으로 10년 전 이사 올 때 집을 사길 잘했다고 생각해. 그때 사지 않았다면 집값이 너무 오른 지금 내 집 마련은 엄두도 내지 못했을 거야.

서울에 집을 마련하고 빚을 청산할 때까지를 계산해 보면 20년이 넘는 시간이 걸린 셈이야. 지방의 집값은 서울보다는 싸기 때문에 이보다 적게 걸릴 수 있겠지. 현재 지방과 서울의 집값은 평균 5배 이상 차이가 난다고 하더구나. 집을 마련하는 장소에 따라 기간과 비용도 달라질 거야.

요즘은 결혼적령기가 늦어지면서 부모와 함께 사는 기간이 길어지기도 했지만, 결혼 여부와 상관없이 부모를 떠나 자기가 살 집을 마련하는 것은 일생에서 중요한 일이지. 내 집을 마련하는 것은 새가 자신의 둥지를 만드는 것과 마찬가지이고, 자신의 안식처를 마련하는 일이란다.

내 집 마련 전엔 여러 가지를 생각해 봐야 해. 언제쯤 부모님으로부터 독립할 것인지, 서울에서 살 것인지, 지방에서 살 것인지도 생각해야 해. 주택을 살 것인지, 아파트를 살 것인지도 생각해 보렴. 집의 크기는 어느 정도로 할 것인지도 생각해 보고, 직장과 집의 거리도 따져봐야 할 거야. 필요한 돈은 어느 정도인지 예산을 세우고, 돈을 어떻게 마련할 것인지, 어느 정도 돈이 준비되면 집을 살 것인지도 계획을 세워야 한단다. 내 집 마련에서 가장 중요한 것은 돈을 마련하는 거야. 내 집 마련에서 자기 자본 비율과 대출을 어느 정도로 할 것인지, 대출을 받으면 갚을 능력은 있는지, 어느 정도 기한을 둘 것인지도 생각해야 할 거야. 결혼을 앞두고 있다면 배우자의 의견도 중요하겠지. 집을 사기로 작정했다면, 부동산 정책에도 관심을 가져야 한단다. 청년행복주택 같은 공공임대주택도 있고, 전세자금 대출 혜택도 있어. 새로 짓는 아파트에 청약을 넣을 수도 있고, 헌 집을 사서 리모델링을 할 수도 있겠지.

열심히 발품을 팔아서 집값도 알아보고, 대중교통으로 출퇴근이 가능한지도 알아봐야 해. 아이들이 있는 경우라면 학교 위치도 따져봐야 할 거야. 문화시설이나 쇼핑 시설 등도 두루 살펴보는 것도 필요할 테지. 부동산 입지와 관련된 신조어로 학세권(초·중·고등학교가 밀집해 교육 조건이 우수한 곳), 병세권(대형 병원 인근에 위치해 신속한 의료서비스를 받을 수 있는 곳), 숲세권(공원이나 숲 등 쾌적한 자연환경을 갖춘 곳), 뷰세권(좋은 자연경관과 탁 트인 풍경 및 야경을 즐길 수 있는 곳) 등이 있단다.

집을 마련할 때 자신이 선호하는 집은 어떤 조건인지 잘 생각해보렴. 엄마 친구 중에는 주택에 살고 싶어서 작은 집을 사서 리모델링하여 화단과 마당이 있는 집에서 사는 친구도 있단다. 자신의 목적에 맞게 집을 구한 거지. 자신이 살고 싶은 집에서 살 수 있다는 것만큼 행복한 일도 없단다.

만일 본인이 살기 위해 집을 샀는데, 나중에 팔 때 보니 집값까지 올랐다면 금상첨화겠지. 솔직히 요즘 집 살 때 나중에 집값이 오르는 것까지 생각하지 않는 사람은 드물 거야.

집이 네 삶을 편안하고 안락하게 할 수 있다면 좋겠구나. 재테크와 상관없이 네가 살고 싶은 주택에서 살든, 재테크 효과가 좋은 아파트에 살든지 상관없단다. 집을 살 수도 있고, 임대주택에서 살 수도 있겠지. 어느 곳이든 자신이 선호하는 곳에 집을 마련하면 되는 거란다.

편안한 삶을 위한 집을 마련하기 위해 스무 살인 지금은 네가 살고 싶은 집에 대한 그림을 그리고, 그 꿈을 이루기 위해서 어떻게 노력할 것인지 계획을 세우는 것이 중요하단다. 네가 꿈을 꾸지 않고 노력하지 않고 얻어지는 것은 별로 없거든.

<구해줘! 홈즈>라는 프로그램은 수요자의 요구에 맞춰 집을 찾아주는 방송이란다. 수요자는 어느 도시인지, 직장과 집의 거리, 가격대, 뷰(view)가 좋은 집, 정원이 있는 집 등등 자신의 요구 조건을 말해. 그러면 패널들이 집을 찾는 프로그램이야. TV 프로그램을 보면서 나라면 어떤 집을 선택할 건지 생각해 볼 수도 있을 것 같구나. 상상하는 것만으로도 내 집을 갖는다는 건 정말 행복한 일이니까.

아는 것이 힘이고,
실행이 답이다

앞에서 살펴본 주식투자와 내
집 마련은 선택이 가능한 재테크라면, 이번 장에서 말하는 종잣돈
을 모으기 위한 저축하기, 펀드에 가입하기, 보험 가입하기 등은
반드시 해야 할 재테크란다. 어떻게 시작할지 한번 생각해 보았으
면 좋겠구나.

　재테크를 위해서 가장 먼저 할 일은 수입과 지출을 파악하는 거
야. 앞에서 말한 용돈기입장을 작성하면서 얼마를 어떻게 모을 것
인지 계획하는 것이 시작이란다. 1년, 3년, 5년, 10년, 20년, 30년
장·단기적인 경제계획을 세우렴. 경제계획이 세워지면, 지출을 얼
마나 어떻게 할 것인지 계획하고 저축이나 투자계획을 세우렴. 그
리고 지금부터 해야 할 일을 정하면 된단다.

경제계획이 세워지면 먼저, 저축통장을 만들라고 권하고 싶구나. 요즘 주식투자가 워낙 대세다 보니, 저축통장을 만드는 것에 회의적인 시각도 있지만, 주식투자처럼 늘 신경 쓰고 손실이 두렵다면 정기 저축으로 시작하는 것도 좋을 것 같구나. 일정 기간 목표를 정해 돈을 모으기 위한 수단으로 저축하는 것이 좋단다. 주식투자든 저축통장이든 매달 꾸준히 정기적으로 저축을 하는 것이 중요해. 저축을 먼저 하고, 지출하는 것이 좋단다. 소비를 먼저 하면 저축할 돈이 없어서 저축하는 습관을 들이기 힘들거든. 저축을 하면 '티끌 모아 태산'이라고 적은 돈이 큰돈으로 바뀌는 과정을 눈으로 확인하게 된단다. 적은 돈을 소중히 여길 때 큰돈도 운영할 수 있으니 조금씩 꼬박꼬박 저축하는 습관을 들여보자.

자신이 모으고자 하는 금액과 저축 후에 하고 싶은 일에 대한 목표를 정확하게 세우면 저축하는 즐거움이 더 커질 거야. 그리고 목표가 명확해야 중도해약을 하거나 저축을 쉽게 포기하지 않게 된단다. 저축을 시작하면 그저 묵묵히 만기가 될 때까지는 건드리지 않고 모으는 것이 돈 버는 방법이야. 엄마도 네가 고등학생 때 3년 동안 천만 원 모으기를 목표로 저축했단다. 그래서 네가 졸업하던 해에 우리 가족 모두 유럽 여행을 다녀왔지. 가계 부담도 줄이고, 여행도 다녀오고, 저축하는 습관도 들였어. 너도 너만의 목표를 정하렴. 예를 들면, 유럽 여행, 등록금, 주식투자금, 노트북 등등 자기가 하고 싶은 일을 정하고 저축하는 거지. 돈을 아끼고, 저축한 나에게 주는 보상도 주고 말이야.

요즘 은행 이자율이 낮기는 하지만 세금 우대 혹은 은행에서 우대하는 상품도 있으니, 잘 알아보고 가입하렴. 그리고 노후를 위한 연금저축과 나중에 내 집 마련을 위한 주택청약저축은 꼭 가입했으면 좋겠구나. 미래를 대비하여 반드시 저축하는 습관은 가져야 해.

은행 상품에는 정기저축, 정기예금, 청약저축, 연금저축 이외에도 보험형 저축적립식 신탁 혹은 채권, 펀드 등 다양하니 알아보고 가입하렴. 저축은 종잣돈을 모으기 위한 기본이란다. 다만, 요즘은 10년 전과 다르게 은행 금리가 낮아서 수익률이 높지 않다는 것은 알고 저축해야 할 거야.

직장인이라면 직장에서 퇴직금을 일정 금액 적립해 준단다. 그런데 돈이 필요하다고 중도에 인출하는 사람이 있어. 퇴직금은 퇴직 후 자금 또는 노후를 위해서 직장에서 적립해 주는 것이니 되도록 중도에 인출하지 않길 바란다. 돈이 꼭 필요하다면 차라리 은행 대출을 받았으면 좋겠어. 은행 금리가 저렴하니 대출도 잘 활용하면 좋단다. 남의 자본도 잘 활용할 줄 아는 것이 재테크이기도 해. 물론 대출할 때는 신중하게 생각해야 하고 돈이 생겼을 때는 최대한 빨리 갚는 것이 좋겠구나.

재테크의 목적은 적은 돈으로 은행보다 나은 수익률을 얻는 것이란다. 재테크를 위해서는 가장 먼저 종잣돈을 마련해야 해. 종잣돈 없이 재테크를 할 수는 없거든. 그리고 매달 조금씩 모아 나가는 종잣돈의 힘을 무시하면 안 된단다. 종잣돈은 어렸을 적 눈사람 만들 때 눈을 처음 뭉치는 것과 같거든. 주먹만 한 눈 뭉치가 커다란 눈사람의 몸통이 되는 것과 같지. 재테크의 시작은 종잣돈을 모으는 것이란다.

매달 백만 원씩 1년을 모으면 천2백만 원이잖아. 천2백만 원이면 꽤 큰 종잣돈이란다. 천만 원을 모아본 사람은 더 큰돈도 모을 수 있단다. 처음에 3천6백만 원을 모으는 데 3년이 걸렸다면, 5천만 원을 모으는 데는 5년이 아니라 2년 정도로 앞당길 수 있거든. 3천6백만 원에 이자가 붙는 복리 저축 상품에 가입할 수도 있고, 수익률 30% 정도 되는 펀드 상품에 가입할 수도 있어. 주식이나 작은 상가에 투자할 수도 있겠지. 투자를 하게 되면 돈은 더 빠르고 쉽게 불어난단다.

종잣돈을 모았다면 펀드에도 가입해 보자. 저축만으로는 종잣돈을 불려가기 쉽지 않을 거야. 펀드란 국내 주식, 해외 주식, 채권, 부동산 등에 자산운용회사에서 개인을 대신해서 투자하는 금융 상품이란다. 주가연계펀드로는, ELS, ELF, ETF 등 펀드의 종류도 매우 다양하단다. 은행 이자보다는 조금 더 수익률을 내고 싶다면 펀드투자를 추천하고 싶어. 많게는 수익률이 60%를 내는 경우도 있는데, 목표 수익률을 25~30% 정도만 잡고 가더라도 은행 이자보다 나은 수익을 얻을 수 있어. 더구나 자신이 직접 주식투자할 시간이 없거나, 주식투자에 자신감이 없는 사람에게도 가능한 투자란다. 자산을 포트폴리오 하는 목적으로 주식과 펀드에 분산투자하기 위한 좋은 방법이기도 하지. 주식에 모든 자산을 투자했을 때 예상치 못한 손실을 보존하는 방법이 분산투자라고 할 수 있어. 적절하게 분산투자를 해놓으면 자산도 지키고, 불려나갈 수도 있단다.

펀드투자는 자산운영사의 펀드매니저를 통해서 가입하게 될 거야. 펀드매니저를 통해 다양한 상품에 대해 설명을 듣고, 자신이 원하는 펀드를 선택하면 된단다. 펀드매니저의 추천으로 가입하더라도 무조건 맡기지는 않았으면 해. 어떤 상품이 좋은지 알아보고, 가입 후에도 관심을 가지는 것이 필요해. 왜냐하면 펀드도 주식과 마찬가지로 마이너스 수익률이 있어서 주의해야 하거든. 펀드는 무조건 수익률을 낼 거란 환상은 금물이야. 주식처럼 매수와 매도 타이밍도 중요하거든. 펀드 상품은 종잣돈이 있다면 일시납으로, 아니라면 적립식으로 매달 불입하는 상품도 있으니 상황에 맞게 가입하면 될 것 같구나. 적립식 펀드는 매달 불입하는 방식이라 자연스럽게 분산투자를 하게 되니 좋은 투자 방식이라 생각한다. 매달 저축을 하는 것처럼 통장에 돈을 넣어두기만 하면 꼬박꼬박 투자가 이루어지니 신경 쓸 필요도 없거든.

　다음은 보험이란다. 예전에 비해 보험의 중요성은 누구나 다 알고 있을 것이라고 생각해. 부모님이 이미 너의 보험에 가입해놓은 경우가 많을 거야. 부모님과 상의해서 보험 상품에 가입하면 좋겠구나. 보험 상품 역시 매우 다양하거든. 보험회사에서 운영하는 보험 상품에는 순수 보장성 보험으로 생명보험, 화재보험, 실비보험 등이 있어. 순수 보장성 보험이란, 질병이나 사고가 있을 때 치료비나 진단비를 지원해주는 상품을 말한다. 보장성 보험은 주로 생명보험회사나 화재보험회사에서 운영하는 상품이야. 보장성 보험의 경우 세제 혜택을 받을 수 있는 상품들이 많단다.

　보험 상품은 건강할 때는 보험금이 아깝게 여겨지지만, 아파보면 보험의 필요성을 절실하게 느끼게 되지. 엄마도 갑상선암 진단을 받았을 때, 3천만 원 정도를 보험금으로 받았어. 친구 한 명도 암 진단을 받고 보험금으로 병원비 전액을 지원받고, 생활자금까지 지원받아서 병원비 부담 없이 치료받고 회복했단다. 아픈 것도 서러운데, 돈까지 없어서 치료를 제대로 받지 못한다면 얼마나 슬프겠니.

　보험은 저축이 아니란다. 보험은 불의의 사고에 대비해 반드시 준비해야 할 상품이야. 그러나 보험을 중도에 해약하게 되면 손실이 많은 게 단점이야. 자신이 불입한 돈보다 적게 돌려받게 되거든. 그러니 보험은 장기적으로 보아야 하고, 자신의 경제 상황에 맞게 선택해야 해. 예전에는 지인이 보험 하나 들어달라고 해서 생각 없이 들었다면 요즘은 꼼꼼하게 따져 보고 좋은 상품으로 선택하여 가입할 수 있으니 잘 알아보고 가입하렴.

보험회사에서는 순수 보장성 상품 이외에 변액연금, 유니버셜보험, 개인연금, 주택연금 등과 같이 저축이나 연금형 상품도 많이 있어. 이런 저축성 보험은 목돈 마련이나 노후를 대비해 보험 상품으로 가입하는 거야. 복리로 운영돼서 일반 저축보다 훨씬 유리하거든. 저축할 때는 단리보다 복리로 이자를 지급해 주는 상품에 가입하는 것이 좋단다.

보험회사에서 운영하는 변액보험이 있는데, 보험계약자가 납입한 보험료 가운데 일부를 주식이나 채권 등에 투자하는 방식이야. 변액보험상품 중에서 변액유니버셜보험은 펀드 운용 수익률에 따라 보험금이 변동되는 변액보험이랑 보험료 납입 및 적립금 인출이 자유로운 유니버셜보험의 장점을 결합한 상품이야. 변액유니버셜보험의 경우 세제 혜택을 받으려면 7년 이상 장기로 불입해야 하는 특징이 있으니 잘 알아보고 가입해야겠지. 보험설계사를 통해서 가입할 수 있으니 장·단점을 잘 알아보고 가입하길 바란다.

요즘 재테크는 주식투자가 대세이지만, 한때는 부동산 열기가 과열을 보일 때도 있었어. 너도 나도 부동산 중개인 자격증을 취득하기도 했고, 직장인의 꿈은 오피스텔이나 상가를 몇 개 보유하고 월세로 여유 있는 노후를 즐기는 삶이라 말하기도 했지.

부동산 경기 호황으로 경매 인기도 높았단다. 경매로 나온 부동산을 저렴하게 매입해서 싸게 팔아 수익을 낼 수 있다고 여겨져 많은 사람이 관심을 가졌었지. 농경지, 임야, 콘도 분양권에 대한 투자도 꽤 많았어. 지금의 주식만큼이나 부동산 열기가 뜨거웠지. 해마다 유행하는 옷이 있듯이 재테크 방법도 유행이 있단다. 과열되면 부작용이 있게 마련이고, 거품이 생기게 되지. 경기 과열로 피해를 입는 사람도 생기고, 규제 정책도 생기게 돼. 자신이 중요하다고 생각하고 해볼 만한 투자라면 시도하는 것이 좋겠구나. 그리고 혹시 변화되는 시장 상황이나 경제 상황을 생각해서 포트폴리오를 작성해가며 투자하는 것도 필요할 거야.

예전보다 돈을 가지고 있는 사람이 더 많아졌고, 돈을 버는 방법도 다양해졌어. 돈은 누가 벌어주는 것이 아니라 스스로 공부해서 방법을 찾아가야 한단다. 지금 가난하다고 부모를 원망하지도 말고, 남들보다 수익률이 적다고 상대적 박탈감에 좌절하지 않았으면 좋겠구나. 자신의 계획과 목표대로 미래를 보며 나아가면 된단다. 자신에게 맞는 투자 방법을 찾고 인생 설계를 통해 하나씩 준비해 가보자꾸나.

돈을 벌 수 없는 상황, 불의의 사고에 대한 대비, 노후 준비, 결혼이나 독립을 위한 준비, 자녀에 대한 준비 등 차근차근 준비하는 게 필요해. 요즘 시대에 재테크는 선택이 아니라 필수가 되었으니 모르면 하나씩 배우면서 도전해 보자. 주변에 부모님, 친구 혹은 지인 중에서 도움 받을 수 있는 사람이 있을 거야. 그들의 도움을 받아서 재테크를 시작해 보렴. 모든 것을 알고 시작하지는 못해. 잘 아는 사람의 도움을 받는 것 또한 확실한 재테크 방법이 될 수 있다는 걸 기억하렴. 많이 아는 것도 중요하지만 재테크는 실행이 답이란다. 실행하고 있는 재테크가 있다면 더 잘하기 위해 공부해서 자신만의 방법으로 성공을 이뤄보자.

'구슬이 서 말이라도 꿰어야 보배다!'

memo

memo

memo

**딸아,
행복은 여기에
있단다**

초판 1쇄 인쇄   2021년 8월 10일
초판 2쇄 발행   2022년 3월 22일

지은이   하민영
펴낸이   정혜윤
디자인   purple, 한미나
펴낸곳   SISO

주소   경기도 고양시 일산서구 일산로635번길 32-19
출판등록   2015년 01월 08일 제2015-000007호
전화   031-915-6236
팩스   031-5171-2365
이메일   siso@sisobooks.com

ISBN   979-11-89533-73-1   03800